KB105133

귀환병사

요람 新무협 판타지 소설

FANTASTIC ORIENTAL HEROES

귀환병사 11

요람 新무협 판타지 소설

초판 1쇄 찍은 날 § 2014년 5월 27일
초판 1쇄 펴낸 날 § 2014년 6월 3일

지은이 § 요람
펴낸이 § 서경석

편집부장 § 권태완
편집책임 § 이효남

펴낸곳 § 도서출판 청어람
등록번호 § 제387-1999-000006호
등록일자 § 1999. 5. 31
어람번호 § 제2-2501호

주소 § 경기도 부천시 원미구 부일로 483번길 40 서경B/D 3F (우) 420-822
전화 § 032-656-4452 팩스 § 032-656-4453
http://www.chungeoram.com
E-mail § chungeorambook@daum.net

ISBN 979-11-316-9052-9 04810
ISBN 978-89-251-3414-7 (세트)

요람 新무협 판타지 소설

FANTASTIC ORIENTAL HEROES

귀환병사

11

도서출판 청어람

第九十六章 재회(再會)

귀환병사

당금천하.

아마 중원의 역사 이래 가장 혼란스러운 천하 중에 하나일 것이라 생각된다.

오호십육국이나 그 후한 이후 삼국시대, 그리고 그보다 전인 유방과 항우의 시대와 비견해도 결코 시끄럽기가 부족하지 않은 시대였다.

물론 그건 장성을 기준으로 한 장소에 한정되지만, 칼을 찬 무인들까지 합세하자 장성을 중심으로는 아예 아비규환의 지옥도였다.

일진일퇴.

한 발자국 전진하면 한 발자국 후퇴하는 너무나 팽팽한 전투가 하루 걸러 한 번씩 벌어졌다.

그렇게 팽팽한 일진일퇴가 벌어지는 이유는 역시 전선을 지휘하는 명과 북원 장군들의 역량 때문이다.

대장군 장양성, 무퇴(無退)의 장군 호언량.

사실 현재 대명의 장군 중 가장 나이가 많은 장군이 바로 장양성 대장군이다. 하지만 그럼에도 그는 산해관을 중심으로 방어선을 유지하고 단 한 발자국도 밀리지 않고 있었다.

많은 사람들은 생각했다.

대장군 장양성은 이제 늙었다고. 그러니 이제 전처럼 임전무퇴의 전술을 보여주기는 힘들 것이라고.

당연한 생각이다.

장양성 대장군의 외형적인 모습만 봐도 호호백발의 할아버지라 불릴 단계조차 넘어 보이니까.

젓가락 들 힘도 없어 이제 며느리나 손녀딸의 수발을 받아야 할 것 같은 모습이다. 하지만 전혀 아니었다.

장양성 대장군은 전선에 도착 즉시 홀로 도망쳐 나온 심양성 지휘사의 목을 자신이 직접 선덕제가 하사한 장군검으로 쳐 날렸다.

한 성을 책임지는 최고 지휘관이 병사들의 안위도 생각하지 않고 자신 혼자만 도망쳐 나왔다는 게 이유였다.

그리고 즉시 구출군을 편성해 심양에서 퇴각 중인, 혹은 저항 중인 명군을 규합했다.

요녕은 북원과 맞닿아 있는 최전선이기에 다른 중원의 성들보다 군의 숫자가 월등히 많았다.

하지만 지휘부의 궤멸은 그 많은 숫자의 군을 외톨이, 허수아비로 만들어 버렸다.

그렇게 장양성 대장군이 퇴각, 저항 중인 병력을 규합했더니 겨우 일만 남짓한, 자신이 산동에서 이끌고 온 사만의 병력과 함께 산해관을 중심으로 배수의 진을 쳤다.

산해관은 북경의 바로 코앞.

이곳이 뚫리면 명의 심장인 북경이 직격으로 겨눠진다는 것과 다름이 없는 말이다.

아니, 그냥 산해관의 함락이 북경의 함락이란 뜻이기도 하다.

그렇기 때문에 배수의 진이다.

그러나 역시 장양성 대장군.

그는 역시 굉장했다.

진을 치고 벌어진 첫 번째 전투.

북원의 장군 아므라와 격전이 벌어졌다.

간을 보는 게 아닌, 작정하고 거의 전 병력을 밀어 넣은 전투였다. 결과는? 양패구상? 아니었다.

장양성 대장군의 전술과 병력 운용은 단단한 철벽을 떠올리게 했다. 뒤로 산해관을 뒀다.

산해관의 관문은 크지 않기 때문에 밀리면 벽에 압살당한다.

그렇기 때문에 배수의 진이다.

밀렸을까?

아니었다.

못해도 몇 만이 한 시진이 넘게 부딪쳤다.

그럼에도 명군의 전사자는 천을 넘지 않았다.

마찬가지로 아므라가 이끄는 북원의 군세도 전사자가 천이 조금 넘었다.

아므라 또한 용병왕이라 불린다. 당연히 용병술이 특기인 장군이다.

똑같이 용병술은 당대 최고라는 평가를 받는다.

다만 두 장군의 특기는 그 안에서도 갈렸다.

장양성 대장군은 방어, 아므라는 공격.

병력을 운용해 치고 막는 데에는 둘 다 이골이 난 장군들인 것이다.

첫 번째 전투는 그런 의미에서 장양성 대장군의 승리라 세인들은 말했다.

장양성 대장군은 패잔병을 수습해 방어에 나섰기 때문이고, 아므라는 기세가 오를 대로 오른 병력으로 싸웠기 때문이다.

이미 여러 번의 패전으로 사기가 그다지 좋지 않은 병사와 계속된 전투의 승리로 사기가 오를 대로 오른 병사가 붙는다면 당연히 후자의 병사들이 승리할 가능성이 훨씬 높을 수밖에 없다.

그럼에도 장양성 대장군은 승리를 일궈냈다.

명군의 사기는 그렇게 첫 번째 전투 이후 급상승했고, 산해관 전선은 첫 번째 전투 이후 철벽의 전선이 되었다.

아므라의 모든 공격을 장양성 대장군이 완벽하게 막았기 때문이다.

하지만 그런 전선의 흐름에 변화가 온 건 바로 천리안 바타르의 합류였다.

길림을 완벽하게 초토화시킨 바타르가 심양을 넘어 산해관 앞 수중까지 도착하자 전선은 급격히 꿈틀거렸다.

모든 명군이 불안에 시달렸다.

천리안 바타르.

초원에 적을 든 누구나 인정하는 북원 최고의 장군.

반대로 명은 가장 경계해야 할 적장 일호.

그런 바타르의 합류는 장양성 대장군마저 밤잠을 설치게 만들었다.

그러나 대명의 선덕제, 그도 이미 한차례 전쟁을 겪었고 산해관의 중요성을 누구보다 더 잘 아는 황제였다.

바타르가 길림으로 향한다는 보고를 받은 즉시 명령을 내렸다.

장양성 대장군의 뒤를 이을 명의 유일한 무퇴의 장군.

호언량을 북경으로 불러들인 것이다.

그리고 즉시 황명을 내렸다.

산동, 안휘, 하남의 군병 이만씩을 차출해 도합 육만 정병을 이끌고 산해관을 넘어 장양성 대장군을 도우란 황명이었다.

황명을 받은 호언량은 전에 없이 빠르게 움직였다.

각 성으로 파발을 날린 직후 북경으로 자신의 수족들을 소집했다.

그리고 천진에서 병력을 인수인계 받아 곧바로 산해관을 넘었다.

임전무퇴(臨戰無退).

호언량 장군을 가장 잘 표현하는 단어이다.

장양성 대장군과는 다르게 굉장히 적극적인 전투를 벌이는 게 바로 호언량 장군이다. 그는 막는 것보다는, 현재의 자리를 철벽처럼 지키고 서 있는 것보다는 때려서 부수는 걸 좋아했다.

물론 그 모든 전략은 고심 끝에 나온다.

산해관을 넘은 호언량 장군은 지휘권을 바타르에게 넘긴 아므라와 격돌한다. 창과 창이 만났다.

그것도 그냥 창이 아닌, 상대의 심장에 비수처럼 꽂히는 너무나 날카로운 창이다. 임전무퇴라고 했다.

흑수와 건평 쪽으로 전선을 잡은 호언량.

조양과 금주로 전선을 짠 아므라.

서로 본대를 지원할 수 없게 전선을 짰기에 이곳은 너무나 중요했다.

어느 한쪽이 본대를 지원하려 병력을 움직이면 그 뒤를 잡히고 마는 형세이기 때문이다.

즉, 양측의 전선이 서로 적 본대의 후미나 옆구리를 겨누고 있는 상태이다.

균형이 완벽하게 잡혀 있어 이제 어느 한쪽의 진형이 무너지면 정말 걷잡을 수 없을 정도로 무너질 것이다.

군사의 균형은 그렇게 평행을 유지하게 됐다.

이런 시점에 변수로 작용할 것들이 바로 마도육가, 그리고 오대세가의 무인들이었다.

이들은 요녕성을 전장으로 삼고 정말 피 튀는 혈전을 벌였다.

온갖 귀계가 펼쳐졌다.

비인의 자객들은 그 차가운 검을 명군 지휘관의 숨통에 들어박으려고 했다. 그걸 막는 건 웬만한 지휘관들은 힘들었다.

장양성 대장군과, 호언량 장군은 자신의 막사에 은밀히 침입한 비인의 자객을 즉참해 버렸지만 다른 지휘관들은 아니었단 소리다.

최초 전선 여기저기에서 지휘관이 암살당하자 그걸 막으려고 모용가, 팽가의 무인들이 나섰다.

원총의 병사들이 전선에 투입되면 남궁가의 무인들이 막았고, 군벌의 악마들이 난리를 치면 황보가의 신장들이 나섰다.

혈사대가 움직이면 하북의 명가, 석가장이 나섰다.

전선은 계속해서 고착에 빠졌다가 다시 치열한 지옥으로 변했다.

지금은 다시 고착상태. 이제 슬슬 겨울바람이 불기 시작했다.

그러나 아무도 몰랐지만, 그 서늘한 겨울바람은 새로운 바람이었다.

전선에 변화를 줄 새로운 바람.

그 바람이 가장 먼저 분 곳은 사천.

촉한의 성도였던, 그리고 현재는 오대세가의 일좌 당가가
머무는 곳, 사천성(四川省)의 성도(成都)였다.

第九十七章

사천당문(四川唐門)

귀환병사

사천당문(四川唐門).

누구도 이의를 제기하지 않는 사천 제일의 혈족이다. 따로 당가라고 부르는, 독과 암기로는 감히 천하제일이라 칭해도 전혀 부족하지 않는 가문.

당문은 유명하다.

무엇으로 유명하냐면 그 지독한 독심이 유명하다.

강호무림엔 이런 격언이 있다.

당문과는 절대 척을 지지 마라.

절대라는 말이 들어가는 것처럼 이 격언은 아주 오랜 시간

동안 강호에 존재했고, 지금까지 지켜지고 있다.

당문은 은을 받았을 시 아주 확실하게 갚는다.

반대로 원을 받을 시 이 또한 아주 철저하게 갚는다. 은은 열 배로, 원은 백 배로 갚으란 강호 불문율을 가장 잘 지키는 게 바로 사천당문이다.

절대로 이 두 가지를 안 갚는 경우는 없었다.

앞선 말에 알 수 있듯이 저 격언이 유명해진 건 당문이 원한은 아주 지독하게 갚기 때문이다.

상대가 누구건 절대로 포기하지 않고 지옥 끝까지라도 쫓아가서 원한을 갚는 게 당문이라는 말이다.

그런 당문은 지금 원한을 지독하게 품고 있는 상태였다.

이유는 역시 정마대전.

각각 마도육가의 일좌를 차지하고 있는 포달랍궁과 만독문의 협공을 받아 당문의 수많은 무인이 죽었기 때문이다.

그러나 역시 당문.

그들은 정마대전이 벌어진 이후 지금까지 단 한 발자국도 물러서지 않고 만독문과 포달랍궁의 공격으로부터 사천을 지켜내고 있었다.

하지만 그동안의 공방으로 피해는 쌓이고 쌓여 지금은 결코 무시할 수 없는 수준에 이른 상태였다.

그렇기 때문에 해가 지고 자정이 넘어서도 당문의 문주전의 불은 아직도 꺼지지 않고 있었다.

"암영각에서 정보가 도착했습니다."

"말해보게."

"의빈, 자공이 만독문의 수중에 떨어졌다 합니다."

"음……."

의빈과 자공은 성도에서 남으로 얼마 떨어지지 않은 현이다. 무인이 경공을 써서 달린다면 삼사 일이면 도착할 곳.

즉, 이제 언제든지 사천의, 당문의 심장인 성도를 겨눌 수 있는 고지를 만독문이 점령했다는 소리와 마찬가지이다.

그에 당문의 가주 암왕(暗王) 당천호(唐天護)의 입술을 비집고 낮은 침음이 흘렀다.

오 척의 신장에 강퍅한 인상의 소유자인 당천호는 굉장히 냉정한 무인이자 가주였다. 그는 웬만한 일에는 눈 하나 깜빡하지 않지만, 당가 무인의 목숨에는 반대로 굉장히 민감하게 반응했다.

그럴 만도 했다.

당천호.

이름 자체가 당가의 하늘을 지킨다는 뜻을 품고 있다.

그는 그렇게 교육 받으면서 컸고, 당연히 지금도 그리 생각하고 있다. 그게 자신의 숙명이라 여겼다.

그런데 자신이 가주인 지금 이 시대에 당가의 무인들이 수

없이 죽어나가고 있다.

의빈과 자공을 지키던 당가의 무인은 당천호가 알기로 거의 삼백에 가깝다. 그만큼 지리적으로 중요하기 때문이다.

"전멸인가?"

"이 할 정도만 퇴각했다 합니다."

"이 할, 이 할이라……."

겨우 육십 정도만 살아 도망친 것이다.

"후후."

당천호의 입가로 비릿한 웃음이 걸렸다.

그는 냉정한 사내다.

가내 무인의 죽음을 슬퍼하지만 그렇다고 실의에 빠지지는 않는다. 당가의 규율에 따라 당천호는 당연히 복수를 생각했다.

"이동 방향은?"

"아직 파악은 못했으나 어차피 두 곳 중 한 곳일 겁니다."

"아니면 두 곳 전부인가?"

자공에서 성도로 오려면 거쳐야 할 현이 두 개가 있다. 좌우로 내공과 악산이 바로 그 두 곳이다.

그 현을 무시하고는 올 수 없다.

왜냐, 두 곳 다 당가의 무인이 존재하니 무시했다가는 곧바로 협공을 받아야 하기 때문이다. 하지만 당문도 만독문에 모든 역량을 집중할 수 있는 상황은 아니었다.

"빌어먹을 땡중들은?"

불가의 귀의한 아미나 소림의 무인들이 들었으면 곧바로 눈이 뒤집힐 소리에 가주전에 모인 모두의 눈가에 지독한 살심이 깃들었다.

이유는 하나다.

포달랍궁의 승려들에게 입은 피해가 만독문에게 입은 피해보다 훨씬 더 크기 때문이다.

소림의 무공이 극한으로 단련한 외공에서 시작되는 무공이 많듯이 포달랍궁 또한 마찬가지였다.

외공의 극은 당문의 암기를 무용지물로 만들어 버렸다.

이마를 노리고 날려도 떵! 하고 튕겨 나오니 말 다한 것이다. 그래서 당문은 정마대전 초기 당시 포달랍궁에 연패를 당하고 밀려나기만 했다.

독 또한 마찬가지.

외공을 무시하는 독을 써도 협공해 오는 만독문이 제공한 피독주 때문에 제대로 힘을 쓰지 못했다.

그럼에도 아직까지 혼자서 두 가문의 협공을 막고 있는 것은 사실 당문의 독심과 사천 전체의 저력이다.

사천당문은 말 그대로 사천성의 패주이다.

그냥 힘이 강해서 패주가 아닌, 이들은 정신적으로도 모든 사천 문파의 위에 있다. 정도의 패주들은 어디나 그러하듯, 이들도 공명정대했다.

더욱이 귀주성처럼 씨족의 뿌리가 남았기에 그것은 더했다.

물러서지 않는 독심.

그게 아직도 사천무림이 육가에 밀리지 않는 이유였다.

하지만 사실 피해는 어마어마했다.

"소금에 있습니다."

소금은 성도를 기준으로 서쪽에 위치해 있다.

가랑이와 옆구리가 겨눠지고 있는 당문이고 성도였다.

그렇기에 무작정 움직일 수가 없었다.

현재까지 입은 피해도 피해지만 더 이상의 패배는 정말 되돌릴 수 없기 때문이다.

"역시 남궁가나 제갈가에 지원을 요청해야겠습니다."

흰 수염을 길게 기른 당가의 장로 하나가 그렇게 말했다. 하지만 당천호는 그 즉시 고개를 저어 부정했다.

"아니, 안 된다."

"하지만 가주, 더 이상은 당가의 힘으로는⋯ 막기 어렵습니다."

피해는 계속해서 쌓이고, 요즘은 승전보다 패전이 훨씬 많은 상황이다. 지금 말한 대로 이미 가랑이와 옆구리까지 적이 밀고 들어온 상황이다.

그럼에도 당천호는 다른 오대세가에 지원을 요청할 생각
이 없었다.

자존심 때문에?

아니었다.

"안다. 그건 본 가주도 잘 알고 있어."

"그런데 대체 왜……."

"구양가를 잊지 마라!"

으르렁거리듯이 모두를 보며 외치는 당천호이다.

구양가.

마도육가. 그 첫 번째 권좌에 앉아 있는 세가.

오직 힘의 율법으로 세가가 존속한다.

약관을 넘은 즉시 약자는 죽고 강자는 산다.

그렇게 소수 정예 백 인이 남을 때까지 계속된다.

즉, 백 인 밖의 구양가의 무인은 그 백 인 안의 다른 무인을
죽여야 산다는 소리다. 안 그러면 죽기 때문이다.

잔인하다?

당연히 잔인하다.

하지만 구양가가 마도라는 것을 생각해야 한다. 이리 잔인
하니 마도로 분류되지 않을 수가 없다.

그런 구양가는 정마대전이 일어난 최초에 세가의 문을 나

섰다.

그리고 지금까지 그 어디에서도 포착되지 않고 있다.

땅으로 꺼진 건지 하늘로 솟은 건지.

나온 것은 분명 목격되었는데, 대체 어디에 있는 아직도 파악이 되지 않고 있다.

"구양가를 막으려면 최소 남궁가가 나서야 한다. 하지만 남궁가는 이미 창궁대를 요녕에 파견했다. 창천대와 철검대로는 절대로 구양가를 막지 못해. 만약 구양가가 남궁세가를 노린다면 무조건 제갈세가의 온전한 힘 전체가 지원을 가야 한다. 그런데 그 힘 중 하나라도 이곳으로 빠지면… 구양가는 바로 숨통을 물어뜯을 것이다."

"……."

"……."

당천호의 말에 당가의 인물들은 모두 말을 못했다.

그런데 의문이 있다.

그럼 구양가는 왜 아직도 모습을 드러내지 않고 있을까. 많은 강호의 호사가들이 가장 궁금하게 생각하는 부분이다.

현실적으로 구양가가 지금 성도를 치면 당문은 즉시 무너진다.

안 그래도 상처를 입을 대로 입은 당문인데, 구양가의 짐승들이 들이닥치면 그걸 막기 정말 쉽지 않기 때문이다.

아니, 쉽지 않은 게 아니라 전멸.

그건 확실하다.

그런데 대체 왜?

왜 이들이 움직이지 않는지 모든 사람들이 궁금해하고 또 안도하고 있다. 현 정마대전의 균형추를 단숨에 무너뜨릴 수 있는 게 구양가이기 때문이다.

사천이 떨어지면 포달랍궁과 만독문은 각 성으로 진격, 모든 정파를 싹 쓸어버리고 안휘, 산동 쪽으로 움직일 것이다.

그럼 정마대전은 단숨에 마(魔) 쪽으로 기울 텐데, 왜 그런 역할을 해줄 구양가가 행동하지 않는지 의문인 것이다.

하지만 움직이지 않는 것 자체만으로도 현재 정도에게는 좋은 상황이다.

"혹시 모른다. 사천으로 향하고 있을지. 빠른 시간 내에 이곳을 정리해야 한다."

당천호의 말에 모두가 고개를 끄덕였다.

하지만 말이 쉽지 방법은 결코 쉽지 않았다.

그게 쉬웠으면 전쟁을 지금까지 끌지도 않았을 것이다. 하나였다면 모를까, 둘이나 상대하는 지금의 상황이기 때문이다.

모두가 말을 못하고 고심하고 있는 그때, 암영각의 무인이 가주전에 모습을 드러냈다. 그는 바로 암영각주 당청에게 정보가 적힌 서신을 건넸다.

찰나 그 서신을 읽은 당청의 눈빛이 번뜩였다.

"가주, 읽어보셔야겠습니다."

암영각주 당청은 당천호의 사촌동생으로 그 지닌 바 능력을 인정받아 세가에서도 중요한 정보를 관장하는 암영각에 아무런 제지 없이 앉은 여인이다.

당청의 손에서 서신을 받아 읽은 당천호의 눈동자 역시 빛을 발했다.

"그래, 후후, 후후후."

당천호의 입매가 비틀어지며 서늘한 웃음을 쏟아냈다.

이곳에 자리한 모두가 의문을 가지기 시작할 때, 당천호의 입이 열렸다.

"만독문의 단문영이 비천객과 동행하고 있다고 한다."

"만독문의 단문영? 죽은 단문석의 동생 아닙니까?"

당천호의 말에 곧바로 장로 하나가 입을 열어 물었다. 그러자 당천호가 고개를 끄덕였다. 단문영의 존재를 당문이 모를 리가 없다.

운남에 자리 잡은 만독문.

사천에 자리 잡은 당문.

두 곳은 언제나 서로를 예의 주시한다.

왜?

독이라는 공통점 때문이다.

그러니 서로가 서로에 대해 아주 잘 알고 있다.

단문영은 당문이 파악하기로는 직계 중의 직계, 만독문주의 딸이다. 단문석이 호왕의 난 당시 죽었기 때문에 어쩌면 만독문을 이어받을 계승 서열 일위의 여인이다.

"잠깐. 비천객이라면 단문석을 죽인 자가 아닙니까?"

"맞을 겁니다. 단문석을 죽이고 남선공주를 구해 선덕제에게 직접 포상을 받았다고 들었습니다."

"그런데 왜 단문영이 자신의 오라비를 죽인 비천객과 동행을?"

"흐음……."

장로들이 서로 대화를 나누고 있다.

하지만 당천호는 아직 전부 말하지 않았다.

"그런 단문영이 설초로 마비독을 만들어 북원의 호송군 이천을 쓸어버렸다는군."

"……."

"……."

당천호의 말이 끝나자 장로들은 잠시 침묵했다. 하지만 하나같이 눈동자가 변했다. 무슨 뜻인지 알아차린 것이다.

"설초라면……."

"눈 덮인 땅에서만 나는 영초."

"하지만 그게 몇 가지 독초와 배합하면……."

"지독한 마비독이 만들어지지."

독을 다루는 이들이 설초가 뭔지 모를 리가 없다. 당문에도 설초로 제조한 독이 있으니 그 위력과 그게 의미하는 바를 아주 잘 알고 있다.

씨익.

당천호는 웃었다.

아주 만족스러우나 냉정한 웃음이다.

"정보의 출처가 어딥니까?"

한 장로가 당천호를 보며 물었다.

그러자 당천호가 그 표정 그대로 입을 열었다.

"상인연맹이군. 그리고… 서창?"

"상인연맹은 알겠지만, 서창은 처음 듣는군요."

"그렇군. 하지만 황제의 직인이 찍혔어. 아마 우리가 모르는 다른 기관인가 보군."

"알면 어떻고 모르면 어떻습니까."

"맞는 말이다."

당천호는 이 서신이 왜 당문의 품으로 왔는지 아주 잘 깨닫고 있다. 솔직히 그것도 모른다면 가주의 자리는 때려치워야 옳다.

당천호의 시선이 당청에게 이동했다.

"당청."

"예, 가주."

"이걸 가지고 어떻게 해야 할지 알고 있을 거라 믿는다."

"후후, 물론이에요."

당청의 눈매가 하얗게 변했다.

동시에 그녀의 가지런한 머리카락이 넘실거리기 시작했다. 암왕의 무력이 일절이라 하지만 세인들은 모른다.

암왕의 사촌동생 암영각주의 무공 또한 결코 암왕에 비해 부족하지 않음을. 이유야 당연히 하나다.

당문을 지탱하는 숨겨진 힘이기 때문이다.

절체절명의 순간에서 그 시꺼먼 묵광을 발할 어두운 비수 말이다.

*   *   *

으레 그렇듯 소문이란 것이 가장 최초로 생성되는 곳은 역시 사람들이 많이 모이는 객잔일 확률이 매우 높다.

객잔에서 생성되고, 가공되고, 퍼진다.

그리고 돌고 돌면서 그 덩치를 눈덩이처럼 불려나가는 게 바로 소문이라는 놈이다. 눈이 가득 내린 비탈길에서 주먹만 한 눈뭉치를 굴리면 어떻게 될까?

비탈길을 구르고 굴러 그 덩치를 아주 거대하게 불려 나중에는 사람 하나는 그대로 잡아먹어 버릴 거대한 덩치를 만들 것이다.

소문이란 게 바로 그런 놈이다.

그리고 시작은 대개가 이렇다.

"자네 그거 들었나?"

"뭐 말인가?"

코가 빨개진 뱁새눈의 사내가 주변을 두리번거리더니 상체를 앞으로 슬쩍 숙이며 말한다. 그러자 맞은편의 일행이 눈을 동그랗게 뜨며 뱁새눈 사내에게 귀를 가져다 댄다.

"글쎄 말이야, 만독문의 장녀가 가문을 배신했다는구먼?"

"만독문의 장녀?"

"그래, 이 친구야. 단문영이라고 하는 여인인데, 글쎄 저 멀리 비천객과 함께한다는구먼?"

"그게 참말인가?"

"그럼!"

놀란 친우의 말에 뱁새눈의 사내는 주변을 돌아보며 짧고 강하게 긍정했다. 그러나 그 목소리는 살짝 컸다.

객잔 일층에서 전부 들을 수 있는 정도는 아니지만, 못해도 사내를 중심으로 주변에 앉은 사람들은 전부 들을 수 있을 만한 목소리 크기였다.

아니나 다를까, 시끄럽던 주변이 살짝 조용해졌다.

그러나 뱁새눈의 사내는 그걸 모르는지, 아니면 알면서도 모르는 척을 하는 건지 다시 앞의 친구에게 말했다.

"거기다가 단순히 동행만 하는 게 아닌 모양이야."

"그럼?"

"비천객에게 협조를 했는데, 글쎄 북원의 병사 수천을 중독시켰는가 봐."

"허어, 수천을 말인가?"

"그래. 덕분에 비천객이 비천대를 이끌고 아예 떼 몰살을 시켰다는군."

끝말에 들어가는 강한 긍정 때문인지 친구의 눈동자가 화등잔 만하게 커졌다. 하지만 친구는 다시 이렇게 묻는다.

"자네 그거 어디서 들었나? 정말 확실한 이야긴가?"

"내 동생 놈이 상단에서 일하는 거 모르나? 그 녀석이 이번에 북경으로 상행을 다녀온 모양이야. 위험하지만 한몫 잡는데는 전쟁터보다 더 좋은 곳이 어디 있겠는가? 어쨌든 거기가서 들었다 하니 확실한 거지. 그리고 벌써 몇 달은 지난 이야기라네. 여기 사천이야 좀 변두리라 아직 잘 알려진 게 아닐 뿐이지 이미 중원에는 파다하게 퍼진 이야기일세."

"허어, 자네 동생이 상단에서 일하는 건 내 잘 알지. 그러면 진짜라는 이야기인데……."

"어쨌든 만독문의 장녀가 배신했다는 건 결코 허투루 볼 수 있는 얘기가 아닐세."

"그게 왜 그런가?"

"자네 정말 몰라서 묻나?"

"……."

뱁새눈의 친구는 슬쩍 고개를 옆으로 내리깔았다. 그건 마치 창피해서 그러는 행동 같았다. 그런 친구의 행동에 뱁새눈의 사내는 허어 하고 한숨을 쉬더니 가슴을 주먹으로 탁탁 쳤다.

답답하다는 행동이다.

그리고 나서 다시 상체를 앞으로 내밀었다.

"잘 들어보게, 이 친구야."

"그, 그러겠네."

"그저 그런 무인 하나가 배반한 게 아닐세. 무려 직계 중의 직계, 차기 문주가 될 가능성이 가장 높은 장녀가 배신을 했네, 장녀가!"

"그래서?"

"근데 그게 과연 장녀만 배신한 걸까?"

은밀히 속삭이듯이 아주 조용히 흘러나온 그 말에 친구는 흠칫 했다. 마치 이번에는 이해했다는 행동이다.

더욱더 은밀히 뱁새눈의 사내가 속삭였다.

"장녀일세. 한 문파의 장녀. 추종자가 없을까?"

"음……."

"그리고 추종자 말고 애초에… 만독문이 배신한 건 아닐까?"

"……."

번쩍!

뱁새눈의 친구가 놀라 고개를 확 치켜들었다.

"만독문이 배신하면… 어떻게 되는 건가?"

"어떻게 되긴, 빌어먹을 살인 중들은 이제… 좆 되는 거지."

으득!

까드득!

동시에 뱁새눈과 그 친구는 주먹을 꽉 쥐고 이를 갈았다.

"내 아들놈이… 죽었지."

"내 아들도 죽었네."

"후우……."

그 후 같이 한숨.

잠시의 정적 후 뱁새눈의 목소리를 내리깔며 친구가 말한다.

"하지만 단문영인가 머시긴가 하는 여인만 배반한 것일 수도 있지 않나?"

"그것도 문제가 될 걸세."

"어째서?"

"장녀이기 때문이네."

"응?"

"만독문의 모든 비전이 빠져나갈 거란 말일세."

"아……!"

친구가 탄성을 내질렀다.

그러자 뱁새눈의 사내가 눈을 더 크게 뜨고 목소리를 더욱 내리 깔면서 말했다. 그리고 지금 현재 객잔은 이미 싸늘한 침묵이 감돌고 있었다.

"만독문이 왜 무서운가? 독과 독장 때문일세. 하지만 그 대처 방안을 안다면? 장녀인데 그걸 모를까? 내 알기로 만독문은 여인도 받는 문파일세. 그러니 그 배신한 장녀도 알 건 다 알고 있겠지. 아니, 모르고 있다면 독을 만들어 비천객에게 협조도 못했겠지."

"암, 그건 그렇군."

"시일이 걸리겠지만 당문에 그 배신한 장녀가 도움을 주기만 하면… 당문은 이제 한쪽에 온전히 힘을 쓸 수 있을 걸세. 당문이 여태껏 왜 밀렸나! 협공을 받았기 때문이네. 만독문만 해결하면 포달랍궁의 살인 중들 따위는……."

"……."

서걱.

뱁새눈의 손날이 자신의 목을 긋는다.

그게 뜻하는 바는 명백하다.

그 행동을 뒤로 술을 마시던 사내 하나가 조용히 계산을 하고 나갔다. 그러나 그걸 아는지 모르는지 뱁새눈의 사내와 친구는 계속해서 현 상황에 대해 떠들었다.

전세가 어떠니, 이번엔 어디서 싸웠니, 다음에 어디서 싸울 거니 하면서. 잠시 후 또 한 사내가 객잔에서 나갔다.

"으하하!"

독한 화주에 취했는지 이제 뱁새눈의 사내에게서 다른 말은 나오지 않고 크게 웃고 떠드는 소리만 들렸다.

그렇게 객잔의 밤은 깊어져 갔다.

뱁새눈의 사내와 친구가 탁자에 철퍼덕 쓰러지고, 다시 두 사내가 엇비슷한 시각 차이를 두고 나갔다.

잠시 후, 중년의 여인 둘이 등장하더니 '이 양반이!' 하고 소리를 꽥꽥 지르며 사내들의 등짝을 사정없이 후려갈겼다.

"어휴! 내가 못살아! 이 화상아!"

"당신까지 이러면 어쩌자는 거요!"

풍채 좋은 두 중년여인이 두 사내를 낑낑대고 업고 나가자 마지막 손님이 나갔다. 객잔의 불은 그 뒤 한 시진 뒤에 꺼졌다.

      *   *   *

　어둠이 내려앉은 시각.

　당문의 숨은 힘 당청은 아직도 암영각에서 쉴 새 없이 날아
오는 정보를 분류하고 있었다. 이미 오십이 넘은 나이지만 일
신의 무력 탓인지 이제 서른 중반에서 후반 정도로밖에 보이
지 않는 외모지만 지금은 그저 푸석하기만 하다.

　하루에 눈을 감는 시간이 겨우 두 시진 내외이다 보니 여인
에게 가장 중요하다는 피부가 아예 작살이 나고 있는 것이다.

　하지만 당청은 여인이지만 무인.

　그 점을 확실히 인지하고 있기에 피부에는 결코 신경 쓰지
않았다.

　"각주님."

　스륵.

　그림자처럼 당청 앞으로 사내 하나가 떨어졌다.

　당연히 암영각에서 활동하는 암영대원이다.

　"잘 풀었나?"

　눈은 아직도 정보가 적힌 서신에 고정된 채로 당청이 물었
다.

　"네, 지시받은 대로 전부 풀었습니다. 사천객잔, 성도객잔,

촉한객잔을 포함해 열여섯 곳, 전부 순차적으로 풀었습니
다."

"이제 퍼지는 건 시간문제이겠군."

고요하다 싶을 정도로 침착한 목소리.

그 목소리에 암영대원이 화답했다.

"아마 일주일이면 사천성 전체에 퍼질 겁니다."

"후후."

그녀의 웃음에는 이번엔 다른 기색이 담겨 있다. 비릿하고
차가운 기운이 가득하다. 또 다른 한 가지가 있었는데, 그건
바로 기대감.

마치 '잘 풀려라. 잘 풀려서 제발 원하는 대로 흘러가라'
하는 기대감이다.

그런 당청에게 암영대원이 조심스럽게 물었다.

"근데 이게 효과가 있겠습니까? 너무 뻔히 보이는 수작인
지라……."

"후후, 그렇지. 너무 뻔하지."

당청이 인정한 대로 사실이 그랬다.

객잔에서 퍼진 자네 '그거 들었나?'로 시작한 소문은 너무
나 뻔했다. 마치 의도적으로 퍼뜨리는 것처럼 시간차를 두고
너무나 여러 곳에서 동시다발적으로 퍼졌다.

바보가 아니라면 당연히 진위 여부를 의심할 것이다.

그걸 모를 당청이 아니다.

하지만,

"그래도 상관없다. 이건 사실이니까."

"알고 있습니다만, 이런 계책에 걸리라고는 생각지 못하겠습니다."

"너무 깊게 생각하니 그렇게 생각될 거야. 하지만 이 소문은 소문이 아니다. 실제로 벌어진 일이다. 그러니 혼란스럽겠지."

당청의 눈동자가 다시금 빛난다.

최초 이 소문을 들은 포달랍궁과 만독문은 당연히 피식 웃을 것이다. 그리고 이 뻔히 보이는 소문을 퍼뜨린 당문을 비웃을 것이다.

당연히 별 신경도 쓰고 있지 않다가 중원에서 다시금 올라오는 소문을 접할 것이다.

"우리가 낸 계략이라 생각하고 당연히 무시했는데, 알고 봤더니 이게 진짜더라. 잠시의 혼란 후 의심으로 변하는 데는 그리 긴 시간 걸리지 않겠지."

만독문의 장녀.

단문영은 진짜로 배신했다.

마도육가에서 정도의 비천객에게 붙었다.

설초로 만든 독이 풀렸고, 북원의 수송대가 그 독에 당해 몰살을 당했다. 여기서 중요한 것은 하나다.

바로 독의 출처.

누가 만들었나.

어디의 비전인가.

그것은 단문영.

단문영은 만독문의 직계.

그러니 만독문이 북원을 공격한 게 되었다.

책임이라는 게 있다.

결코 만독문은 그 책임에서 자유로울 수 없다.

"아주 작은 균열이… 종내에는 거대한 벽도 부숴 버리지."

마도육가라는 한 틀 안에서 있던 깊은 유대감. 그 유대감에서 점차 만독문의 존재는 사라질 것이다.

어쩔 수 없다.

"하지만 만독문이 부정하면……."

암영대원이 물었다.

그러나 당청은 웃었다.

"그 어떤 부정도 소용없다. 인정할 수 없는 노릇이니 부정해 봤자 단문영이 아닐 것이다. 그리고 단문영은 이제 만독문도가 아니라고밖에 할 수 없는데… 후후, 과연 그걸 누가 믿어줄까. 그저 변명이라고밖에 생각 안 되겠지."

당청의 말은 맞는 말이다.

이제 진짜를 접하게 되면 만독문이 취할 수 있는 행동은 크게 나눠 두 가지다. 당연히 단문영이 배신했다. 이렇게 인정할 수 없으니 그 소문은 소문일 뿐이다. 비천객과 함께 있는 건 단문영이 아니다.

두 번째는 단문영은 이미 만독문에서 내쳤다.

정도가 될 것이다.

하지만 그걸 누가 믿어줄까.

이미 소문은 사실이라 밝혀지고, 북원의 수송대가 만독문의 비전독으로 완전히 학살을 당했는데.

당연히 세 살배기 어린애도 믿지 않을 변명이 되는 것이다.

"그러니 그렇게 부정하는 순간… 포달랍궁과 만독문의 연계는 틈이 생긴다. 어쩌면 아예 깨질 수도 있겠지. 후후."

설마?

피독주라고 준 게 피독주가 아니라면?

"독의 조종이라 감히 칭하는 만독문이다. 그들이 피독주에 이상한 짓을 했다면 포달랍궁은 과연 그걸 알아차릴 수 있을까? 불가능하겠지. 그러니 의심한다. 의심하기 시작하면 피독주는 쓰지 않겠지. 그때부터… 먹힌다."

당문의 독은 무섭다.

여태 그 독이 힘을 발휘하지 못한 건 전부 만독문의 조력이 있었기 때문이다. 물론 만독문이라고 완벽하게 당문의 독을 해독할 수 있는 피독주를 만들지는 못한다. 하지만 반이라도 막아내면?

그다음은 내력이 몰아낼 것이다.

같잖게도 마도육가라 하지만 포달랍궁의 승려들이 익힌 내공심법은 정종에 가까웠다. 독을 밀어내기에는 더없이 좋다는 소리다.

그렇기 때문에 여태 당문의 독이 포달랍궁의 살인 중들에게 통하지 않은 것이다.

"각개격파만 되면……."

서슬 퍼런 당청의 중얼거림을 들은 암영대원의 눈동자도 비슷하게 빛났다. 죽은 당가의 무인은 이미 산을 이룬다.

시체의 산 말이다.

사천당문, 당가의 그 유명한 율법.

당청의 말대로만 되면 율법에 따라 지독한 피의 복수만이 있을 뿐이다.

그리고 애초에 이 소문을 퍼뜨린 이유는 바로 시간을 벌기 위함이다.

정비.

한쪽을 완벽히 박살낼 계략과 무인을 집결시키기 위한 시간이 필요했을 뿐이다.

"늦어도……."

당청은 가늠해 봤다.

얼마나 기다리면 될까?

"촉한의 삭풍이 불기 시작할 때면… 가능하겠군."

"후후."

"후후후."

당청은 예감했다.

이번 해의 삭풍은 전에 없이 잔인할 것이라고.

이윽고 촉한의 삭풍이 불기 시작했다.

*　　　*　　　*

일주일은 순식간에 흘렀다.

성도에서 먼저 시작한 소문은 당연히 사실로 밝혀졌다. 전 중원이 그 얘기로 들끓기 시작한 것이다.

소문의 주인공 단문영. 그녀는 만독문의 차기 장문인이라 할 수 있는 존재다. 직계 혈통에게 대물림되는 장문 직이기 때문이다.

그런 단문영이 비천객에게 붙었다는 것은 굉장히 많은 소란을 이끌어냈다. 그중 가장 큰 소란을 꼽아보자면 다음과 같았다.

첫째,

만독문의 모든 비전이 비천객을 통해 사천당가에 전해졌을 것이란 것.

이게 의미하는 바는 굉장히 컸다.

만독문의 주력 무공은 당연히 딱 두 가지로 나눌 수 있었다.

하나는 독공.

손발에 독을 스며들게 해서 펼치는 무공이다.

그리고 다른 하나가 바로 독 그 자체이다.

독이라는 것은 굉장히 치명적이다.

하지만 반대로 해독제만 있다면 독공만큼 상대하기 쉬운 무공도 없다. 왜냐고? 독공이 무서운 이유는 독공에 스치기만 해도 중독당하기 때문이다. 이 때문에 상대의 심기가 무쇠처럼 단단하지 않다면 당연히 손발이 어지러워질 수밖에 없다.

신경 써야 하는 것이 하나가 더 늘어난다는 뜻이다.

무인끼리의 대결은 초근접전이다.

창이나 편처럼 장병끼리의 싸움이라고 해도 근접전이 펼쳐질 수밖에 없다. 그런 싸움에서 스치는 것도 허용하지 않으려면 월등한 실력 차이가 있어야 하는데, 만독문은 그런 것을 허용할 정도로 허약한 문파가 아니었다.

그냥 실력 차이로 찍어 누를 수 있다면 애초에 육가의 일좌를 차지할 수도 없었을 것이다. 즉, 어느 정도 피해는 감수해야 하는 게 무인끼리의 전투다.

그런데 그것조차 허용하면 안 되니 신경은 분산되고, 그 분산된 신경은 결국 치명적으로 작용한다.

그래서 만독문이 무서운 것이다.

애초에 승기를 내주고 들어가야 하니까 말이다.

당문이 만독문과 포달랍궁을 상대로 지금까지 밀리지 않았던 것은 만독문과는 대등한 상태에서 싸웠기 때문이다.

당문 또한 독이 있기 때문에 비등했던 것이고, 포달랍궁에게 밀리는 이유는 만독문의 도움이 있기 때문이었다.

하지만 미리 해독제를 복용하고 전투에 들어선다면?

독공에 적중당해 중독 자체를 무시할 수가 있게 된다. 그렇다면 처음부터 대등한, 그래서 이게 의미하는 바가 굉장히 크다는 것이다.

만독문 자체를 먼저 밀어버릴 수 있다.

만독문은 당문의 해독제를 완벽하게 만들 수 없지만, 당문은 만독문의 독, 독공에 대한 해독제를 완벽하게 만들 수 있다. 그것은 이미 싸움 자체가 되지 않는다는 것을 뜻한다.

둘째,

만독문의 비전이 당가에 흘러갔을 경우를 상정해, 이제 사천의 균형추가 심각하게 요동칠 것이란 것.

지금까지 사천의 균형추는 마도가 우세했다.

저울질에 비교를 하자면, 최초에는 비등했다가 지금은 마도 쪽으로 쫙 내려앉았을 것이다.

이미 요 근래 몇 차례 전투에서 당문은 처참하게 밀렸다. 그건 이미 균형이 깨졌다는 것을 의미한다.

하지만 이제는 다르다.

만독문이 밀리게 되면 당문은 포달랍궁을 상대로 전력을 다할 수 있게 된다. 그렇다면 누가 이길까?

포달랍궁이 지금까지는 우세했지만 전력전이라면 또 모르는 것이다. 당문이 괜히 당문이 아니기 때문이다.

이것만 해도 저울의 무게 추는 비등해진다.

사천이 밀릴 것이라 예상했지만, 결국은 사천의 향후 정세는 아무도 모르게 된다는 뜻이다.

셋째,

역시 마찬가지로 첫째와 둘째가 이루어졌을 경우를 가정한 후 나오는 얘기다. 또한 당문이 사천을 완벽하게 정리했을 시를 가정한 이야기다.

당문이 포달랍궁과 만독문을 밀어낸다면 그다음은 어떻게 될까? 당문은 가만히 피해를 복구하는 데 주력할까?

그 누구도 그렇다, 그렇게 할 것이라고 말하지 못했다. 당문에 대해 조금이라도 아는 사람들은 십이면 십 당문의 주력이 사천을 빠져나가 중원을 횡단해 저 멀리 북쪽으로 향할 것이라 말했다.

목적지는 당연히 산해관이다.

정확히는 산해관 너머 치열한 전투가 벌어지고 있는 전장이다.

그곳에서 당문은 원 없이 한을 풀 것이다.

독이란 것은 정말 무시무시한 것이다.

그렇기 때문에 아직도 팽팽하게 대치하고 있는 전장에 당문이 가세하는 순간 어쩌면 북원과 그곳의 마도육가에게는 정말 치명적인 상황이 발생할 확률이 매우 높다.

장양성 대장군과 호언량 장군이 당문의 도움을 받는다면 사용할 수 있는 전술은 기하급수적으로 늘어나게 된다.

그리고 그 전술이 단 한 번이라도 중요할 때 먹힌다면 전선은 급격히 요동칠 것이다. 서로 대치 중인 장양성 대장군과 북원의 바타르.

그리고 서로 뒤와 옆구리를 노리고 있는 호언량 장군과 북원의 아므라. 이 둘 중 하나가 전술적 승리를 가져가 승리를 거둔다면?

무너진다.

십 중 팔, 혹은 구.

균형은 무너지게 되어 있다.

한 번만 무너지게 되면 그건 장마철 강이나 개천을 막아놓은 둑이 터지는 것처럼 거대한 급류가 되어 흘러갈 것이다.

그 후는 종전(終戰)이다.

정도와 대명의 승리로.

이 환란이 종식되는 것이다.

그렇다면 이 모든 것의 시작은?

단문영 그녀로부터이다.

하지만 과연…….

이렇게 흘러갈까?

글쎄, 지금 당장은 그렇다 해도 나중은 모를 일이다.

第九十八章　사천풍운(四川風雲)

귀환병사

당천호가 당청의 보고를 받고는 묘한 미소를 머금었다. 역시나 서늘하고 지극히 냉정해 보이는 눈빛이다.

그런 그의 묘한 입매 사이에서 나오는 목소리는 참으로 싸늘했다.

"예상외로군."

거무튀튀하고 조금은 퀴퀴한 냄새가 나는 죽간이 가득 쌓인 서재에서 당천호가 당청이 건넨 죽간을 펼쳐보고 한 말이다.

"네. 설마 진짜 보내올 줄은 몰랐지요."

"후후."

당청의 대답에 당천호는 웃었다.

그리고 다시 죽간으로 시선을 던졌다.

주르륵 눈동자가 움직이면서 죽간에 적힌 글자를 다시 한 번 읽어나갔다. 간결하게 적힌 글자는 모르는 사람들이 보면 그저 글자의 나열이라고 생각할 것이다.

하지만 독을 다루는 사람이 본다면 달라진다.

쉽게 말해 이 죽간에 적힌 것은 해독제의 제조법이다.

그것도 만독문의 주력 독과 독공에 대한 해독제 말이다.

"이것도 그쪽에서 보냈나?"

"네. 상인연맹과 서창이라고 적혀 있었습니다."

"서창이라……."

하지만 기관의 이름만 본다면 예상가는 단체가 있긴 하다. 바로 황실의 양대 무력 단체인 금의위, 그리고 동창이다.

금의위가 직접적인 무력을 행사하고 신궁전을 지키는 마지막 힘이라면, 동창은 황실의 내, 외부, 그리고 중원의 군부, 나아가 강호를 조사하는 기관이다.

"동창과는 또 다른 기관인가."

"알아봤지만 아무것도 밝혀진 게 없습니다. 황실에서도 아마 극소수만이 알고 있는 모양입니다."

"어쩌면 적의 기만이라 생각할 수도 있겠지만… 그럴 리는 없겠어. 찍힌 인장을 보니."

"맞습니다. 옥쇄입니다."

"그렇지. 음……."

당천호는 자신의 턱을 매만졌다.

일단 지금 현재 이 죽간에 적힌 것의 진위 여부를 따져야 했다. 이미 상인연맹과 서창에게는 한 번 도움을 받았다.

지금쯤 사천에 퍼져야 할 정보를 이미 먼저 받아 공작을 펼친 것이다. 그것은 그 나름대로 힘이 됐다.

"이미 한 번 도움을 받은 적이 있으니 가짜라고 생각하긴 어렵다. 하지만 민감한 정보이니만큼 확인은 거쳐야겠지."

"일단 소량을 만들어 작전을 펼쳐보겠습니다."

"그렇게 하도록. 대신 피해는 없게 해라."

"알겠습니다."

당천호의 말에 당청은 가볍게 고개를 숙여 읍해 보였다. 별 것 없다. 현재 가랑이를 파고들어 오는 만독문도와 몇 번 가볍게 치고받으면 된다.

그렇게 하면 금방 진위 여부를 확인할 수 있을 것이다.

당천호는 죽간을 돌돌 말아 다시 당청에게 던졌다. 그 후 다시 입을 열었다.

"산해관 쪽은?"

"재미난 일이 많이 터졌습니다."

"재미난 일들이라… 말해 보게."

싱긋.

당청은 정말로 즐거운 미소를 베어 물었다.

상황은 어렵지만 산해관 너머의 소식은 강호 무인인 그녀를 들뜨게 하기에 충분한 이야기가 많았기 때문이다.

"일단… 광검이 재등장했습니다."

"광검? 아아, 광검 위석호. 심양대회전에서 거의 폐인이 됐다고 들었는데 용케 회복한 모양이군."

"네. 그리고 광검이 세력을 규합했습니다."

"광검이?"

당천호는 그 냉막한 얼굴에 홍미롭다는 표정을 지었다. 그도 그럴 만한 게, 광검은 지금까지 알려지기로 고고한 늑대였기 때문이다.

무리지어 활동하지 않고 홀로 무림을 종횡하는 고고한 늑대.

그게 광검에 대한 강호인들의 평가이다.

그런데 그런 광검이 세력을 만들었다? 당천호가 홍미로운 표정을 짓는 게 결코 이상한 일이 아니다.

"네. 아시다시피 예전부터 광검의 행동은 독보였습니다."

"그래, 그래서 혜원이 녀석의 배필로 삼아볼까 고민했던 거고."

"후후, 그랬지요. 하지만 포기하셔야겠습니다. 광검의 옆에 은발의 여검수가 붙었다 합니다. 보통 사이가 아니라는 보고도 있었지요."

"그거 아쉽군."

별로 아쉬운 표정은 아니다.

당문은 결코 문인을 밖으로 돌리지 않는다. 무공을 조금이라도 익혔다면 남녀 구분 없이 죽을 때까지 당문 밖으로 나가지 못한다. 외유가 아니라면 말이다.

그래서 무공을 익힌 여인이라면 데릴사위를 받는다.

그게 당문이다.

정마대전을 치르기 전에 당천호의 딸인 당혜원의 데릴사위로 점찍었던 후보 중에 광검이 있었다.

하지만 지금은 그게 중요한 게 아니다.

"다시 본론으로 돌아가서, 그런 독보행 때문에 광검은 낭인무사들에게 인기가 많았습니다. 하지만 낭인이기 때문에 결코 광검을 찾아가지 않았습니다."

"그렇지. 낭인은 그래야 낭인이라 불릴 자격이 있지."

그게 당천호가 생각하는 낭인이란 존재다.

아니, 당문의 생각이다.

"그러나 예외는 있는 법."

당천호가 그리 말하자 당청은 고개를 끄덕였다.

"심양대회전 때 광검이 죽거나 패인이 되었다는 소문이 돌자 그를 우상으로 생각하던 일단의 낭인들이 산해관을 넘었습니다."

"흠······."

"그리고 그중에는 낭아검, 낭아도가 있었습니다."

"······."

낭아검, 낭아도.

낭아(狼牙).

이 단어 자체가 이미 늑대의 이빨을 뜻한다.

이미 늑대의 칭호를 가져다 쓰는 두 명의 무인, 정확히는 남매다.

그런데 중요한 건 이들이 그냥 낭인이 아니라는 것에 있다. 무공은 절정. 그 자체만으로도 보통 낭인이 아니지만 더 보통이 아닌 것은 그들의 부, 바로 아버지다.

낭아 남매의 아비가 바로 전대의 고수 낭왕이기 때문이다.

낭왕.

이리, 늑대왕을 자처했고, 모두가 인정한 전대의 고수.

그렇기 때문에 낭인들에게는 거의 신이나 다름없었다. 하지만 지금은 이미 타계하고 이 세상 사람이 아니다.

그러나 이미 그런 낭왕의 아들, 딸이라는 이유만으로도 충분히 낭아 남매는 평범함과는 거리가 멀었다.

더 중요한 건 그런 그들이 거의 공식적으로 광검을 우상이라 밝힌 것이다. 아니, 산해관을 넘어 그곳에 갔다는 것 자체가 이미 광검의 복수를 하러 간 것과 같다.

하지만 산해관이 어딘가.

전장의 한복판이다.

가장 치열한 전투가 벌어지는 지옥이다.

그런 곳에 낭아검과 낭아도가 광검의 복수를 위해 갔다는 소식이 전 중원으로 순식간에 퍼졌다.

그다음은?

볼 것도 없다.

이름깨나 날리는, 낭왕을 추종하던 낭인들이 대거 산해관으로 집결했다. 이들의 목적은 딱 두 가지였다.

광검의 복수.

낭아검, 낭아도의 보호.

이 두 가지 다이거나 이 중 하나이거나.

"그리고 광검이 은발의 여검수와 함께 전장으로 복귀했습니다."

"낭아검과 낭아도가 따르겠다고 했겠군."

"네. 하지만……."

"광검은 거절했겠지. 그는 늑대니까."

이미 들은 것처럼 유추하는 당천호. 그러나 그 말은 유추가 아니라 정답이었다. 당청의 끄덕이는 고개를 보니 말이다.

"맞습니다. 거절했습니다."

"하지만 그래도 따르겠다고 고집을 부렸겠고?"

"네, 호호."

슬쩍 물어보는 당천호의 말에 당청은 이번에도 대답을 하곤 가볍게 웃었다. 당천호는 피식 웃었다.

"자, 이제 얘기는 그만 끊지. 그다음은?"

"낭아검과 낭아도가 광검의 뒤를 따르다 함정에 빠졌습니다. 비인의 살객과 원총의 총귀들이 판 함정에 말입니다."

"살객, 총귀라……."

"삼백에 가깝던 낭인들은 대부분 죽었습니다. 아니, 광검의 도움이 없었으면 전멸했을 겁니다."

"그렇겠지. 살객이야 예민한 낭인들을 끌어들이기 위한 미끼였을 테고, 총귀는… 낭인에게 천적이었겠지."

기형적, 그리고 실전적 무예를 선호하는 낭인들이다.

하지만 이런 것은 더욱 큰 실전 무예와 환공에는 속수무책이다.

같은 부류의 싸움인데, 당연히 더욱 큰 힘이 이긴다.

상성이 더럽게 안 좋다는 소리다.

"살아남은 낭인들은 겨우 오십, 그리고 광검이 그들을 이끌기 시작했습니다. 결과는… 총귀의 전멸입니다."

"총귀의 전멸? 잠깐. 광검의 무위가 그 정도였나?"

당천호가 되물었다.

그러자 당청이 고개를 끄덕였다.

"네. 죽다 살아났기 때문인지, 아니면 경지를 숨긴 것인지, 그는 절정을 넘어섰다 판단됩니다. 총귀를 이끄는 총사 셋은 절정, 그중에서도 최상으로 분류되는 자들이라 판명됐으니까요."

"호오……."

절정을 넘었다?

광검의 나이가 몇이더라?

당천호는 그가 아직 불혹, 사십도 되지 않았다는 걸 안다. 아니, 더욱 젊을 것이다. 이립을 갓 넘었을까?

그런 나이에 절정을 넘었다는 것은.

"무공이 특별하거나, 아니면 자질이 하늘에 닿았겠군."

"그럴 거라 사료됩니다."

가진 바 무공의 질이 떨어진다면 절정의 벽을 부수기란 하늘의 별 따기와 같다.

웬만한 자질이 아니라면 말이다.

반대로 자질이 하늘에 닿은, 흔히 말하는 천재라면 그 재능만으로 벽을 뚫을 수도 있을 것이다.

다만 이 경우라면 정말 천재 중에서도 천재이어야 할 것이다.

광검은 이립을 갓 넘은 나이로 절정의 벽을 넘어섰다.

여기서부터는 사실 경지를 논하기도 애매하다. 초절정? 이렇게 불러야 하나?

하지만 그렇게 부르지 않는다.

이 경지에 든 자들이 극소수였고, 겨우 그런 단어로 그 경지의 무인을 일컫는다는 것 자체가 불경이라 생각하기 때문이다.

분류 외.

즉, 인외(人外).

인간의 경지를 벗어났다는 소리다.

"지금의 나보다… 강하다는 소리군."

"그렇게… 사료됩니다."

"후후."

당천호는 웃었다.

이립을 갓 넘은 놈이 자신보다 강하다?

"별로 재미있는 얘기는 아니군."

"호호, 그렇습니까?"

"후후, 그래. 그렇군."

그러나 말과는 달리 당천호의 입매에는 미소가 감돌고 있다.

만약 지금 이 상황이 태평성대의 강호였다면 기분 나빴을 것이다.

하지만 지금은 풍전등화(風前燈火)의 시대라 불러도 결코 모자람이 없다. 이런 상황에 광검의 등장은 매우 기꺼운 일이다.

그는, 당천호는 결코 속 좁은 무인이 아니었다.

"지금은?"

"상황을 보려 함인지 총귀들을 작살내고는 아직 이렇다 할 행동은 보이지 않고 있다 합니다."

"냉정하기까지 하군. 보통 그 나이면 혈기에 날뛰어야 정상이고, 이미 한번 죽다 살아났으니 복수에 눈이 멀어야 정상인데."

"그런 것 같습니다."

"적이 아니길 다행이군."

광검.

그는 강하다.

이미 절정이란 분류를 벗어난 무인이 되었다. 그런데 거기

에 냉정하기까지 하다. 상황을 볼 줄 알고 때를 기다릴 줄 안
다는 소리.

무력 자체만으로도 무시무시한데 심지까지 굳고 냉정하니
이보다 더 무서운 게 없다.

그렇기에 당천호의 말은 진심이었다.

"광검은 정도의 무인이라고 보기에는 무리가 있어. 굳이
분류하자면 정사지간에 가깝지. 그가 왜 이 전쟁에 참전했는
지에 대한 정보는?"

"없습니다."

"없다고?"

당천호가 되묻는다.

고개를 끄덕이는 당청.

"있기야 하겠지만, 그 이유를 어디에도 말한 적이 없다 판
단됩니다."

"그래, 그렇겠지. 후우. 광검에 대한 얘기는 끝인가?"

"네."

"비천객은?"

"더욱 재미있을 겁니다. 호호."

웃는 당청의 말에 당천호는 피식 웃었다.

"얼마나 재미있는지 들어보지."

"간단하게 말하자면……."

"……."

당청이 웃었다.

묘한 미소.

그것에는 호기심이라는 놈과 신기하다는 감정이 같이 잘 버무려져 있었다.

"북원의 후방을 아예 휘젓고 있습니다."

"휘젓고 있다……. 기습전이군."

"네. 비천대, 이들의 무용은… 대단합니다. 매하구에서 호송대 하나를 싹 몰살시키고 물자를 불 싸지르더니 한동안은 잠잠했습니다. 그리고 약 한 달 만에 다시 나타나더니 아주 집요하게 북원의 후방을 괴롭히고 있습니다."

"흐음……."

매하구에서 비천대가 북원의 수송대를 작살 낸 건 이미 유명한 얘기다.

처음부터 작정하고 중원 사방에 퍼뜨린 정보였기에 저잣거리 너나 할 것 없이 전부가 아는 이야기다.

당천호도 물론 알고 있는 얘기.

그렇다면 뭐가 재미나단 것일까?

슬그머니 보내오는 눈치에 당청이 다시 입을 열었다.

"비천대에 또 다른 힘이 가세한 것 같습니다."

"또 다른 힘?"

"네. 판단하건대… 군사가 합류한 것 같습니다. 그것도…
전쟁을 제대로 아는 군사라 생각됩니다."

"군사라……."

"사실 예전 비천대는 힘으로 때려 박는 걸 선호했습니다.
매하구도 마찬가지. 단문영의 독이 있었지만 적을 학살한 방
법은 힘입니다. 온 힘을 점에 모은 추형진으로 꿰뚫어 찢어버
리고, 포위 후 섬멸. 이때까지만 해도 주 방식은 힘이었습니
다."

"지금은 다르다?"

"네. 얼마 전 화룡에서 비천대가 북원의 병력 천을 말살시
켰습니다. 근데 이때 쓴 방법이 알려지기로는 화공, 화전에서
는 유인, 그리고 그전의 교하에서는 매복. 절묘한 전술로 적
을 대파했습니다. 이때 사용한 것은 군에서도 극비리에 취급
한다는 지뢰였습니다."

"지뢰? 위험한 걸 썼군. 하지만 지금은 전쟁이니 그냥 넘어
갈 가능성이 크겠어. 크흠, 어쨌든 그렇군. 화공이나 매복, 유
인책 같은 경우는 대충 흉내만 냈다가는 곧바로 들통 날 테
니."

"맞습니다. 거기다가 근거지를 마련한 것 같기도 하고, 또
한 동에 번쩍 서에 번쩍 기동력이 장난이 아닙니다."

"적이라면……."

"최악이죠."

넌더리가 날 것이다.

종자 좋은, 훈련 잘된 전마에 올라탄 소수의 기병대가 무서운 것은 당연히 그 기동력 때문이다.

말 그대로 동에 번쩍해서 죽이고, 서에 번쩍 나타나 난리를 치면 당하는 입장에서는 아주 피가 거꾸로 솟을 것이다.

드르륵.

그때 무언가 굴러오는 소리가 들리더니 천장에서 죽간 하나가 툭 떨어졌다.

당청은 재빨리 그 죽간을 풀어 읽었다.

그리고 그 두 눈에 곧바로 놀람이 깃들었다.

놀라는 당청.

당천호는 자신이 아는 당청은 웬만한 일로는 절대 저런 표정을 짓지 않는다는 것을 알고 있다.

그렇기 때문에 저 죽간에 과연 뭐라고 적혀 있는지 궁금증이 생겼다.

당청은 곧 신색을 수습하고 죽간을 당천호에게 건넸다.

당천호는 죽간을 받고 곧바로 시선을 던졌다.

그리고 저도 모르게 입을 쩌억 벌렸다.

"허, 허허……."

동시에 허탈한 신음이 흘렀다.

그럴 수밖에 없는 게, 죽간에 적힌 내용이 너무나 파격적이었기 때문이다.

단 몇 글자.

두 문장이다.

"이게… 말이 되는가?"

"저도 믿기지가 않습니다."

당천호의 질문에 당청 또한 조금은 멍한 목소리로 대답했다.

충격, 저기 적힌 게 맞는다면 결코 현실성이 없기 때문이다.

도대체 무슨 소식이기에 냉정한 이 둘이 이렇게 놀라는 것일까?

힘이 풀리는지 당천호의 팔이 탁자로 떨어져 내렸다.

탁.

당천호가 내려놓은 죽간에는 이렇게 적혀 있었다.

비천대(飛天隊).

길림성(吉林省) 함락(陷落).

그래, 놀라는 게 무리가 아니었다.

아니, 놀라는 게 당연한 정보가 적혀 있었다.

단 이백의 기병대가 한 성을 함락시켰다는 말도 안 되는 일이 벌어졌다는 소리이기에.

第九十九章 군사, 혜(軍師, 慧)

군사(軍師).

보통 군사라고 하면 사람들은 병사를 떠올린다. 하지만 군이나 전장에서 군사 하면 저기에 하나가 더 붙는다.

바로 전술전략을 짜는 사람을 뜻하는 단어의 군사다.

전쟁은 사람이 한다.

그렇기 때문에 전쟁의, 전투의 승패 역시 사람이 결정한다. 누가 더 유능하고, 혹은 누가 더 무능하냐에 따라 전쟁의 승패가 극명하게 갈린다.

승자는 웃고, 패자는 울 것이다.

승자는 살고, 패자는 죽을 것이다.

그렇기에 그러한 승패의 열쇠를 쥐고 있는 군사의 존재는 군에서는 이루 말할 수 없을 정도로 중요하다.

암살 순위로 따지면 그 군사가 유능했을 시, 바로 두 번째 일 것이다. 첫 번째는 군단장이나 대장일 것이고, 그다음이 바로 군사라는 존재다.

하지만 그렇기 때문에 이 군사라는 자리는 매우 엄격한 시험을 통해 선발된다. 적게는 수십, 수백, 많게는 수천, 수만의 목숨이 걸려 있으니 당연한 일이다.

전쟁의 판도를 바꿔 버리는 존재.

그게 바로 군사이기 때문이다.

그렇기 때문에 무린은 난감했다.

실수 한 번이면 비천대는 끝장인데, 그런 비천대를 움직이는 자리에 무혜를 앉히려니 그게 마음이 안 놓이는 것이다.

또한 검증이 안 됐다.

한명운 선생의 진전을 이었다는 것은 이미 확인했다. 모든 게 딱딱 맞춰지니 그걸 부정하기는 힘들었다.

하지만 그렇다고 덥석 무혜에게 군사 자리를 내줄 수는 없는 노릇 아닌가. 그렇다고 검증을 하기에는 위험 부담도 컸다.

검증을 하는 방법은 역시 하나다.

실제로 무혜가 짠 작전을 그대로 행하는 것.

그러나 만약 잘못되면?

너무나 큰 부담이다.

그래서 무린은 골머리를 앓고 있었다.

"말해봐라. 너는 지금 현재 비천대에게 가장 필요한 게 무엇이라 생각하지?"

무린은 모두가 집중하고 있는 가운데 무혜에게 물었다. 그러자 무혜는 가만히 무린을 보다가 다시 비천대의 조장들을 둘러봤다.

비천대는 전투, 전쟁에 특화된 인물들이다.

다들 지휘관으로 활동하지는 않았지만 굴러먹은 짬밥으로 무혜가 어떤 의견을 낸다면 그게 옳은지, 아니면 옳지 않은지를 스스로 파악할 능력들은 충분했다.

그리고 여기 있는 조장 중 몇몇은 아직 무혜의 존재를 인정하지 않고 있었다. 비천대가 믿고 따르는 건 어디까지나 무린이다.

진무린이란 존재.

전장에서 자신의 목숨을 몇 번씩이나 구해준, 지금은 비천객이라 불리는 진무린을 믿고 따르는 것이다.

그건 곧 진무린 한정이란 소리와 같다.

결코 그 동생인 무혜까지 믿고 따르는 건 아니라는 소리다.

모두가 날카로운 눈동자로 무혜를 주시하고 있다.

그러나 무혜는 한 점의 흔들림도 없었다.

이런 눈빛은 여인으로서 부담스러울 만도 한데 조금도 흔들리지 않고 있다.

"거점 확보가 시급합니다."

"거점?"

"네."

대답한 무혜의 말에 갈충이 재미있다는 표정으로 되물었다. 그러자 무혜는 고개를 끄덕여 수긍하며 모두를 둘러봤다.

무혜의 눈동자는 비천대 조장의 면면을 전부 훑었다. 그리고 마지막으로 무린은 물론 자신의 바로 앞에 앉아 있는 창천유검과 단문영의 얼굴까지 훑었다.

그냥 둘러본 게 아니다.

"거점은 쉬는 곳. 지금의 비천대는 현재 휴식이 필요합니다."

"휴식이라……."

갈충이 묘한 미소를 지으며 그 휴식이라는 단어를 음미했다. 다른 조장들의 얼굴도 마찬가지였다.

무슨 의미인지 이미 파악한 자와 파악하지 못한 자들은 분명히 있었다. 그런 이들을 위해 무혜가 다시 입을 열었다.

"또한 이동 수단이 필요합니다."

"우린 이미 훌륭한 전마가 있습니다만, 소저."

"알고 있습니다. 비천대는 기병대, 하지만 하루 종일 전마를 타고 이동하는 건 결코 옳은 방법이 아닙니다."

"기병이 말을 타는 게 옳지 않다……. 이해가 가지 않는군."

"……."

웃음기 있는 갈충의 대답에 무혜는 가만히 그를 바라봤다. 둘의 눈빛이 허공에서 부딪치며 순식간에 눈싸움에 들어갔다.

무린은 그걸 보면서도 말리지 않았다.

갈충은 무인이다.

이제는 그를 단순히 퇴역군인이라고 부를 수가 없다. 몸을 쓰는 것보다는 머리를 굴리는 데 특화되고, 그중에서도 정보를 수집, 분류, 조합하는 데 특출 난 그이지만 그렇다고 결코 그가 칼질을 못한다는 말은 아니다.

무인과의 눈싸움.

사실 누가 이길지는 뻔하다.

하지만 그럼에도 무혜는 조금도 눈동자에 겁먹거나 당황한 기색이 없다.

"갈충 조장님."

"왜 그러시오, 소저?"

아가씨도 아니고 군사님도 아니다.

그저 여인을 칭하는 소저라고 부른다.

그것은 갈충이 무혜를 인정하지 않고 있다는 소리와 같았다. 그걸 무혜가 모를까? 아니, 알고 있다.

기분 상하는 일이다.

하지만 무혜는 자신을 인정하지 않는 이유도 알고 있다.

"묻겠습니다. 정말 몰라서 제게 묻는 건가요?"

"그렇소, 소저. 킬킬킬."

능글맞은, 듣기에 따라서는 기분까지 상하게 하는 갈충의 말투는 그를 모르는 사람이라면 눈살을 찌푸리게 하기에 충분했다.

무혜는 갈충이란 인물을 잘 모름에도 안색이 변하지 않았다.

"실망이군요."

"실망이라… 이유를 말해주겠소? 킬킬."

속을 긁는 웃음.

무혜는 그 웃음은 가볍게 무시하고 품에서 지도를 꺼냈다. 길림성 전역이 아주 상세하게 적혀 있는 지도였다.

또한 한명운이 준 무경십서까지 꺼내 들었다.

"보세요. 길림성은 강줄기가 많아요."

"흐음……."

지도에는 푸른 줄기가 사방으로 얽혀 있다. 당장 이곳 용정의 바로 근처에도 강줄기가 흐르고 있다.

거미줄처럼 얽히고설킨 강줄기를 보며 비천대의 조장들은 입가에 묘한 미소를 지었다. 그것은 마치 지금까지 생각지 못한 다른 방법을 찾아냈다는 미소와 비슷했다.

"보병이 기병의 기동력을 따라올 수 없다는 건 누구나 아는 사실입니다. 또한 현재 길림성에는 제대로 된 북원의 기병도 없다는 것도 이미 알고 있습니다. 현재 요녕성의 전선에 전부 투입된 상태니까요."

"그건 알고 있소."

모두가 알고 있는 말을 하는 무혜.

백면이 가볍게 그 말을 끊었다.

그러자 무혜의 시선이 백면에게 향했다가 다시 지도로 향했다.

"어차피 따라올 수 없으니 기병으로 치고 빠진다. 좋은 전략입니다. 정석이기도 하군요. 하지만 오래 쓸 수는 없습니다."

"왜지?"

이번엔 무린이 되물었다.

그러자 무혜가 단호한 목소리로 말했다.

"피로 때문입니다."

"피로?"

"각자 동료들의 얼굴을 보세요."

마치 명령과도 같은 무혜의 담담한 말에 모두의 시선이 자신의 동료들에게로 향했다. 좌, 우, 앞까지 전부 얼굴을 살펴본 비천대의 조장은 지금까지 짓고 있던 묘한 미소를 깨끗이 지우고 서서히 얼굴을 굳혔다.

바보 멍청이가 아니라면 지금 무혜가 하는 말이 무슨 말인지 모를 리가 없다.

"그렇군."

"피로가 누적됐어. 하긴, 하루 이틀 쉰다고 전투 피로가 풀릴 리가 없지."

갈충의 수긍하는 말에 제종이 피식 웃으며 대답했다.

그들은 무혜의 말을 듣고 전부 확인했다.

조장들의 얼굴에도 깃들어 있는 피로감을.

"우리가 이 정도면 애들은 더 심하겠군. 자칫 잘못하면 그냥 지나칠 뻔했어."

백면의 나직한 말에 무린의 얼굴도 굳었다.

무린은 안다.

피로라는 게 얼마나 무서운지.

이놈은 그 자체로 독에 가깝다.

그것도 즉효성 독이 아닌 잠복성 독이다.

계속 주입되다 보면 어느 순간 쾅 하고 터지는 녀석 말이다. 인간의 체력은 결코 무한하지 않다.

비천대의 체력은 웬만한 사람들과는 차원을 달리한다.

무인들도 마찬가지다.

실질적으로 비천대의 체력은 정말 극에 달했다고 봐도 좋다. 그런데 지금 조장들의 얼굴에 거뭇한 피로감이 깃들어 있다.

왜 그럴까?

당연히 이동, 전투 때문이다.

말을 타고 움직이는 것은 사실 굉장히 고단한 일이다. 아무리 안장을 씌웠어도 들썩이는 말 위에서 거의 하루를 보낸다는 것은 지속적인 체력의 악화를 가져온다.

거기다가 비천대는 전투까지 한다.

사람을 죽이는 일.

그것은 결코 기쁜 마음으로 행할 수 있는 일이 아니다. 사람을 죽이는 행위 자체가 가슴을 무겁게 하는 행위다.

그렇게 피로가 쌓인다.

또한 정신력과도 연관이 있다.

비천대는 요 근래 엄청난 정신적 피로를 겪었다. 동료의 죽음은 물론 긴장한 상태로 작전에도 임했다.

정신력 또한 소모된다.

결국 이런저런 이유 사유로 비천대는 지금 결코 무시할 수 없는 피로감을 느끼는 상황인 것이다.

"복수심에 잠시 냉정하지 못했군. 실수야."

백면의 나직한 중얼거림.

무린도 고개를 끄덕여 수긍했다.

"아니, 다행입니다. 그래서 저는 거점을 만들고 앞으로의 이동은 여기 이 강줄기, 수로를 이용할 생각입니다."

"흐음……."

무혜는 이렇게 하자고 말하지 않았다.

확정적으로 이렇게 하겠다고 말했다.

그건 곧 내 말을 따르라는 명령과도 같았다.

하지만 무혜의 말은 반박할 점이 많았다.

그러나 무혜는 반박할 시간을 주지 않았다.

무혜의 가녀린 손가락이 이곳저곳을 가리켰다.

"거점은 편안하게 휴식을 할 수 있는 요새가 되어야 하는 곳. 적당한 곳은 찾아놨습니다. 이곳, 그리고 이곳, 이곳입니다."

무혜의 말에 비천대 조장들의 시선이 무혜의 손가락을 따라 이동했다.

첫 번째는 이곳 용정의 바로 위 돈화였고, 두 번째는 매하구, 그리고 통화였다.

왜 이곳을 정했는지 이유는 따로 묻지 않아도 알 수 있었다.

돈화, 매하구, 통화의 주변으로는 푸른 줄기와 붉은 줄기가 넘쳐나고 있다. 말했듯이 푸른 줄기는 강줄기고 붉은 줄기는 관도다.

적게 잡아도 그런 줄기가 세 지역에서는 각각 도합 열 개나 된다. 그것은 다른 의미로도 사용될 것이다.

"퇴각로가 적어도 열 개군. 킬킬. 이것 봐라? 재미있는데?"

갈충은 지도를 보며 역시나 그 웃음을 보이며 말했다. 눈빛이 번뜩이는 게 정말 위험스럽게 반짝이고 있다.

더욱 중요한 건 이 세 곳으로는 전부 하나의 강줄기가 관통하고 있다.

그렇다는 건 이동할 때 아예 흔적을 남기지 않을 수 있다는 뜻이다.

"끝과 끝을 막고 수색을 실시하면? 아, 아니군."

관평이 지도를 쳐다보고 세 곳을 관통하는 강줄기의 끝을 짚으며 말하다가 고개를 저었다. 끝을 막는다고?

그건 소용없는 짓이라는 걸 깨달은 것이다.

이동 수단을 수로로 선택한다고 해서 무조건 수로만 이용한다는 뜻은 아니다. 여차하면 바로 강가에 배를 대고 육로로 퇴각하면 된다.

"정보만, 정보만 안 말리면 결코 잡힐 일은 없다… 이건 가?"

여태껏 조용히 하고 있던 무린의 조용한 중얼거림이다. 편안하게 휴식을 취하면서 이동한다.

그 휴식은 이동, 전투로 찌든 피로를 푸는 데 아주 좋은 수단이 될 것이다. 이것만 놓고 본다면 지금 무혜의 제안은 비천대의 전투를 지원하는 아주 좋은 방법이 될 것이다.

"그래서 저는 지금 당장 돈화로 올라가 거처를 마련하고 수로를 이용해 통화와 매하구로 가 거점을 만들 것을 제안합니다."

"음……."

무린은 고민했다.

그런 무린을 보며 무혜가 다시 말했다.

"그리고… 교하로 일단의 무리가 집결할 것 같다는 정보가 있습니다."

"……."

무린은 무혜의 말에 곧바로 교하를 시선으로 찾았다.

돈화에서 북서쪽으로 일자로 올라가니 바로 교하가 보인다. 관도가 잘 닦여 있으니 이동은 금방이다.

무혜가 이런 정보를 어떻게 알고 있는 것일까?

무린은 반사적으로 갈충을 봤다.

"……."

스윽, 스윽.

갈충은 무린의 시선에 말없이 고개와 손짓으로 자신은 아니라는 표현을 해 보인다. 그렇다면 황실 기관은 아니다.

무린이 갈충에게 물었다.

"알고 있었습니까?"

"좀 전에 알았네. 회의 전에 받았고, 지금 말하려고 했지."

"무혜, 너는 어떻게 얻은 정보지?"

무린은 갈충의 말에 바로 무혜에게 되물었다. 그러자 무혜가 역시나 표정 변화 없이 정보의 출처를 대답했다.

"북풍상단이 제갈세가에 보낸 정보입니다. 정확히는 문인 할아버님에게 보낸 정보지요."

"음……."

무린은 눈살을 찌푸렸다.

북풍상단.

운삼.

운삼…….

이상하게 걸린다.

운삼의 정보에 한번 제대로 당한 적이 있는 무린이다. 바로 흑산의 일이다. 하지만 무린은 운삼이 일부러 그랬다고는 결코 생각하지 않았다.

심양성의 일도 있다.

하지만 그것도 무린은 우연이라 생각했다.

운삼이 무린에게 보내는 충심은 결코 거짓이 아니라는 걸 무린은 확실하게 느끼고 있기 때문이다.

그러나 결정적으로 운삼의 정보는 무린을 몇 번이나 위험하게 했다.

어떻게 해야 되나.

믿어야 할까, 아니면 무시해야 할까.

'믿는다.'

무린은 믿기로 했다.

운삼.

그가 사실 여태껏 보내온 정보는 크게 잘못되지 않았기 때문이다. 이게 자신의 동생에게 왔다는 사실이 꺼림칙할 뿐이다.

"정확히 설명해 봐라."

"현재 교하에 저항군이 있다고 합니다. 얼마 전에 본 청연군 같습니다."

"위연광이군."

"맞습니다. 위연광이 이끄는 청연군이 교하를 탈환했습니다. 교하는 길림성의 턱 밑, 당연히 비수가 되는 자리입니다. 그래서 북원은 교하를 재탈환하러 병력 천을 보낸다는 정보입니다."

"흠."

굉장히 세세한 정보다.

그리고 이 정도로 빠르게 들어온 걸 보니 이미 북풍상단과 제갈세가의 정보망이 길림성에 자리를 잡기 시작한 게 분명했다.

그렇지 않다면 결코 이렇게 빨리 정보가 올 리가 없기 때문이다.

"청연군의 병력은 채 삼백이 안 되니 북원은 일천 병력이면 충분하다고 판단한 것 같습니다. 흐음, 이거… 기회로군요."

관평이 지도를 보던 시선은 그대로 두고 조용한 목소리로 말했다. 옛날처럼 아주 제대로 차분해진 관평이다.

부관.

그 역할에 딱 어울리는 관평이었다.

그에 관평의 앞에 있던 제종이 묻는다.

"이게 우리를 끌어들이기 위한 함정일 가능성은?"

함정이면 곤란하다.

만약 함정이라면 이건 필시 바타르가 펼친 함정일 것이다. 결코 길림성의 사령관이 펼친 작전은 아닐 것이라 생각했다.

그 정도라면 결코 매하구에서 그렇게 당하지 않았을 테니 말이다.

"가능성은 배제하지 않았습니다. 하지만 그래도 상관없습니다."

"상관이 없다고?"

모두의 얼굴에 의문이 깃들었다.

바타르가 누군가.

별명 자체가 천리안이다.

자신을 중심으로 천리의 전장을 살펴보는 눈을 가진 전장의 사령관이란 말이다. 그런데도 상관이 없다?

오만이다.

"무혜, 오만이다. 너는 천리안 바타르가 누군지 모른다."

"아니요. 아주 잘 압니다."

"안다고?"

"네."

무혜는 무린의 말에 즉답했다.

그리고 무린은 그런 무혜의 말에 인상을 찌푸렸다. 천리안 바타르. 북방에 있었다면 누구나 들었을 북원의 장군.

절대로 기피해야 하는 적장이다.

그를 상대로 북방의 전선이 밀리지 않았던 건 장양성 대장군과 문성, 아니, 군사 한명운이 있었기 때문이다.

"저는 차라리 천리안의 함정이길 기대하고 있어요. 그래야 피해 없이 깨부술 수 있을 테니까요."

"……."

차갑게, 시리도록 차갑게 내뱉은 무혜의 말에 비천대의 조장들은 잠시 침묵했다. 박력 때문에 그런 것은 아니다.

여인의 입에서, 그것도 무혜의 입에서 나왔다고 보기에는 너무나 거친 언어였기 때문이다.

그러나 무혜는 그런 것은 안중에도 없는지 지도를 보며 설명을 이었다.

"이곳에서 이곳, 아마 이곳이 바타르가 짠 함정일 거예요."

모두가 무혜의 손가락을 따라 이동했다.

군사지도는 정교하다.

그것도 굉장히 정교하다.

군에서 작전을 위해 모든 역량을 다해 필사적으로 만들기 때문이다. 그런 군사지도이고, 무혜의 손가락이 향한 곳의 위에는 협곡이라고 적혀 있다.

위치는 교하의 남동쪽, 즉 이곳에서 관도를 타고 달리면 교하에 들어서기 위해 필히 통과해야 하는 협곡이다.

안 그러면 빙 돌아가야 하니 말이다.

즉, 시간을 아끼려면 어쩔 수 없이 통과해야 한다는 소리다.

"너무 뻔한데?"

"지금까지 비천대의 공격 방식을 생각해 보면 바타르는 함정을 당연히 간단하게, 정석으로 짰을 거예요. 비천대는 언제나 기동력을 살려 힘으로 때려 박았으니까요. 무식하게도."

직설적이다.

근데 사실은 맞는 말이다.

비천대의 공격 방식은 관통력을 극으로 살린 추형진으로 때려 박아 적진을 헤집고, 갈가리 찢은 다음 포위, 압살하는 방식이다.

여태 그랬다.

매하구에서도 단문영의 독만 빼면 똑같이 힘으로 때려잡았다. 그건 부정할 수 없는 사실이다.

왜 그런 공격만 했을까.

군사가 없기 때문이다.

작전, 전술을 짤 군사가 없기에 조심조심 다가가서 힘으로 때려 박은 것이다.

그리고 곧바로 전장 후퇴.

비천대의 전투 방식은 여기서 결코 여기서 벗어나지 않았다.

"⋯⋯."

"⋯⋯."

그러니 그 냉정한 말에 비천대의 조장들은 인상을 굳혔다.

그러나 그러거나 말거나 무혜는 뒷말을 잇는다.

"이제는 그런 전투는 안 먹힐 거예요. 매하구에서 이미 거슬릴 대로 거슬렸으니 천리안 바타르 그가 움직일 거예요. 오라버니와 여러분이 아는 바타르라면 반드시 비천대를 잡겠지요. 그리고 힘으로 싸우는 비천대는 그만큼 잡기도 쉬울 거예요."

"그래서 너는 어쩌자는 거지? 함정이길 바란다고 했다. 그렇다면 분명 네가 생각하는 방법이 있을 텐데."

"네, 있으니 말했어요."

"말해봐라."

"간단합니다."

슥.

이곳 용정에서 교하까지의 길을 무혜의 손가락이 훑었다. 그리고 다시 길림에서 교하까지의 거리를 훑었다.

멀고 짧다.

용정에서 교하까지의 거리는 길림에서 교하까지의 거리보다 거의 두세 배는 됨 직했다.

"먼저 가면 되지요."

"먼저 간다고?"

상식이란 게 있다면 당연히 길림에서 교하까지의 거리가 가깝다. 그런데 먼저 도착하겠다고 하는 무혜다.

"수로를 이용한다고 해도 불가능할 텐데? 무슨 방법이 있는 건가?"

"물론 있습니다. 아니, 이미 실행했습니다."

"실행을 했다?"

무린은 고개를 갸웃했다.

도대체 무혜의 말을 이해를 할 수 없기 때문이다. 무린은 잘 몰랐다. 군사란 족속들이 어떤 족속들인지.

하지만 군사의 옆에서 정보를 신나게 걸러내고 조합하던 갈충은 알았다.

"킬킬, 이거 오랜만에 느껴보는 짜증이구만. 군사란 족속들은 항상 이렇지. 대화를 어렵게 한단 말이야. 킬킬킬."

"군사의 옆에 있었던 모양이지요?"

무혜가 갈충에게 물었다.

그러자 갈충이 당연하단 듯 고개를 끄덕였다.

"그래, 그랬지. 킬킬."

"그럼 제가 과연 어디까지 내다보고 있는지… 알겠나요?"

"몰라. 모른다. 알고 싶지도 않아. 내 역할은 그게 아니니까."

갈충은 그렇게 말하고 고개를 돌렸다.

그 둘의 대화를 듣는 둥 마는 둥 무린은 생각에 잠겨 있었다.

'실행했다. 그럼 지시를 내렸다는 소린데… 금검, 제갈세가의 금검대군. 아까 떠나더니 그게 세가로 돌아가려고 떠난 게 아니었군.'

무린은 회의 직전 무혜가 따로 제갈세가의 금검대주에게 뭔가를 말하는 걸 보았다. 그리고 금검대는 곧바로 떠났다.

그 후 회의가 시작됐다.

"금검대군. 뭔가 지시를 내렸구나."

"나도 보았소. 호오…….."

무린의 말을 백면이 받았다.

그리고 흥미로운 미소를 지으며 무혜를 바라봤다. 지금껏 믿지 못했는데 이미 움직이고 있었다면 사정이 달라진다.

하지만,

"그렇지만 아무리 그래도 이곳은 거리가 멀다. 제아무리 경공을 써서 달린다고 해도 만약 길림에서 나오는 일천 병력이 기병이면 결코 먼저 도착할 수 없을 텐데?"

현실적인 부분을 무린이 지적했다.

하지만 무혜는 그 말에 곧바로 대답했다.

"금검대의 목적지는 교하가 아닙니다. 이곳 영길입니다."

"영길?"

영길은 길림의 바로 밑에 있는 현이다.

그 때문에 그것만 본다면 중요하지 않다.

"영길이라… 북원의 창고군."

"네. 싹 태워 버리라고 했습니다."

"음……."

그래도 무혜의 말은 부족하다.

하지만 무혜의 말은 아직 끝나지 않았다.

"그리고 이미 소문을 냈습니다. 제가 이곳 용정으로 오기 며칠 전에요. 이제 하루 이틀 후면 길림성에도 들어가겠지요."

"…빠르군."

"그게 군사의 역할이니까요."

이미 무린과 합류하기 전에 소문부터 냈다. 그리고 무린과 합류하자 곧바로 금검대를 영길로 보냈다.

대각선상으로 관통해서 달린다면 사실상 금검대가 영길에 도착하는 건 얼마 걸리지 않을 것이다.

"제갈세가의 금검대, 그것도 한천검이 이끄는 금검대가 영길을 친다. 이 소식을 들은 길림의 수뇌부는 어디로 부대를 파견할까요?"

조용히 묻는 무혜.

그 물음에 비천대의 조장들은 제각기 생각에 잠겼다.

과연 영길로 갈까?

말했듯이 길림성에는 그렇게 많은 북원의 군세가 주둔 중인 게 아니다. 영길만 하더라도 무려 이천의 병력이 지키고 있다.

과연 금검대로만 가능할까?

그런데 못할 것도 없다.

다른 누구도 아닌, 제갈세가의 최고 무력 부대라 불리는 금검대이고, 그들을 이끄는 건 금검대주, 다른 별호로는 한천검이라 불리는 제갈명이다.

무력 자체만으로도 결코 무시할 수 없는 한천검이 영길은 노린다는 소식이 퍼지면 북원의 군세는 정말 바짝 긴장할 것이다.

만약 이곳에 아므라 정도의 장군이 있었다면 이런 작전은 통하지도 않을 테지만 아쉽게도 그런 장군이 없다.

즉, 인재난에 허덕이는 북원이고, 인재란 인재는 전부 현재 팽팽한 요녕의 전선에 투입된 상황이다.

바타르가 작전을 짰다.

명령은 내려왔고, 길림에서 일천 병력을 교하로 보내라고 했다. 물론 길림의 북원 지휘관은 그 명령을 듣고 출동시키려고 했다.

그런데 그 와중에 금검대가 툭 등장했다.

한천검이 북원의 물자 창고를 털러 가고 있다.

소문까지 돌고 있다.

어느 게 더 중요할까?

그리고 이걸 판단하는 사람은 누굴까?

무혜는 또 말한다.

"소문을 하나 더 냈습니다. 유수에서 내려오는 보급대를 비천대가 노리고 있다는."

"음……."

원래 군의 이동 경로는 철저히 비밀로 부쳐진다.

경로가 알려진다는 것은 곧바로 적의 표적이 된다는 것과 다름없기 때문이다. 하지만 그럼에도 무혜는 알고 있었다.

이건 그만큼 북풍상단, 갈충이 속한 황실 기관, 이제는 스스로를 서창이라 부르는 그들의 능력이 뛰어났기 때문이다.

치열한 척후전 끝에 도착하는 정보들은 문인의 명에 의해 길림성에서 곧바로 무혜에게 향했다.

처음에는 거쳤지만 이제는 아예 즉시 무혜에게 온다는 소리다. 길림성은 크지만 각각의 정보 단체에서 사용하는 영묘나 전서구, 매를 사용하면 단 며칠이면 끝에서 끝까지 올 수 있다.

물론 하오문에 의해 교란되는 정보도 많지만 무혜는 그걸 모두 골라내고 있었다.

그런 무혜는 이미 수많은 북원군의 이동 경로를 알고 있었다.

그중에는 북원 자체에서 오는 정보도 있었고, 이 작전을 위해 앞을 내다보고 한발 미리 소문을 낸 것이다.

"대단하군."

"그러게. 이걸 전부 이곳에 오기 전에 했다는 소리이지 않나."

갈충의 말에 제종이 고개를 끄덕이며 대답했다.

몇 개씩이나 덫을 놓아서 길림성 지휘부의 눈과 귀를 어지럽히고 있다. 이렇게 되면 이제 바타르의 명령은 최우선에서 그냥 우선으로 떨어질 것이다.

판단이 흐려진다는 것은 이지 자체가 흐려진다는 것.

잘못된 판단이 나올 확률이 매우 높아진다.

길림성의 턱밑에 있는 삼백의 청연군.

당연히 그걸 잡아야 하고, 그걸 잡기 위해 바타르가 직접 함정을 파라 지시를 내렸지만 갑자기 툭 튀어나온 한천검이 보급기지를 급습한다 하고, 비천대는 북원에서 오는 보급대를 부수러 올라가고 있다 한다.

말했다시피 길림성 자체에는 병력이 얼마 없다.

본성의 방어도 중요하다. 그러니 일정 이상의 병력은 반드시 성에 주둔하고 있어야 한다. 그렇다면 여기저기 돌려야 한다는 말인데, 여기서 선후가 헷갈리게 되는 것이다.

교하가 먼저인지, 영길이 먼저인지, 아니면 유수가 먼저

인지.

셋 중 어느 곳으로 병력을 돌릴 것인지.

전부 쪼개도 좋다.

몇 백씩 나눠서 각 위치로 급파하면 그냥 쪼개면 된다. 무서운 건 일천의 병력이지 삼사백의 병력이 아니기 때문이다.

하지만 여기에도 문제가 있다.

"만약 그냥 교하로 일천의 병력이 내려온다면?"

무린이 물었다.

무혜는 간단히 대답했다.

"안 가면 됩니다."

"……"

그렇군.

굳이 목매달 필요가 없었다.

위험을 자초할 필요가 없는 것이다.

영길, 유수를 무시하고 청연군을 잡기 위해 일천의 병력이 교하로 내려오면 무시하면 그만이다.

"위연광 그분이 생각이 있다면 굳이 그곳을 사수하지는 않겠지요. 청연군이 만약 그곳에서 버틴다고 해도 지원은 없습니다. 중요한 것은 비천대지 청연군이 아니니까요."

"……"

무혜의 냉정한 말에 무린은 잠시 대답할 말을 찾지 못했다.

뭐랄까, 굉장히 명확한 말이다.

냉정하게 상황을 바라보고, 만약 적이 의도대로 따라오지 않는다면 무시한다. 군사의 입장에서 가장 중요한 것을 비천대로 잡았고, 비천대에 해가 된다면 결코 행하지 않겠다는 의지의 표현이다.

그렇기에 무린은 침묵한 것이다.

하지만 반대로 웃음을 터뜨린 사람도 있었다.

"하하, 하하하!"

백면이다.

잠시 동안 소리 내어 시원하게 웃은 그는 흔들리는 가면을 다시 고정시키고 무린과 무혜를 번갈아 바라보며 말했다.

"과연 피는 못 속인다는 건가. 어찌 이리 똑같을 수가 있소. 하하하하!"

"킬킬, 그 말에는 나도 격하게 동감하네. 킬킬킬킬!"

백면의 말을 갈충이 맞받았다.

그러자 여기저기서 피식피식 웃음이 흘러나왔다. 전부 동의한다는 뜻이다. 냉정하게 아군이라 할 수 있는 청연군의 목숨을 버리는 무혜.

그러나 그것은 너무나 당연한 상황을 그들이 어겼을 때다.

그럼에도 흔들리지 않는다.

대단한 마음이다.

"즉, 이미 덫은 팠으니 추후를 봐야겠군."

"네. 하지만 일단 돈화로는 움직여야 합니다. 그곳에 거점을 만들어야 하니까요."

그렇지.

거점. 무혜는 거점의 중요성을 이미 설명했다.

"이동 경로는?"

"이번엔 육로입니다. 제가 낸 소문이 먹혔을 경우 최대한 빨리 교하로 가야 하니까요."

"좋아."

무린은 무혜의 말에 수긍했다.

이미 능력은 검증됐다.

몇 가지에 걸쳐 적의 이목을 흐리게 할 소문을 냈고, 그 가능성을 보였기 때문이다. 그때 장팔이 손을 들었다.

"군사님."

조용히 있던 그가 손을 들자 무혜가 그를 바라봤다.

군사님.

누구도 어색하게 들리지 않는다.

만약 어색한 이가 있다면 그건 아마 무혜 본인이어야 할 테지만, 무혜에게도 그런 기색은 없다.

"금검대, 만약 영길로 길림에서 지원군이 가지 않는다면 그들은 다시 회군합니까?"

"아니요. 영길을 공격할 겁니다."

"······."

이건 또 무슨 소리?

단호한 무혜의 말에 모두가 또 놀랐다. 영길은 보급 창고나 다름없다. 그래서 몇 천의 병력이 주둔 중이다.

그런데 그런 곳을 금검대만으로 공략한다?

미친 짓이다.

"금검대주님은 능력이 있습니다. 금검대 자체도 강합니다. 그들은 공략을 감행할 겁니다. 앞으로를 위해서도 당연히 해야 합니다. 이제부터 제가 길림에 풀어내는 소문이 헛소문만이 아니라는 것을 깨닫게 해줘야 합니다."

"······."

"······."

아하······.

그렇기도 하다.

소문을 풀었는데 그냥 소문으로 끝났다. 그럼 다음 소문은 당연히 믿지 않게 된다. 역으로 공격할 수도 있겠지만 차라리 애초에 이목을 흐리게 하는 게 더욱 좋다.

모 아니면 도가 아니니까 말이다.

계속 고민하고 고민해서 판단력이 흐려지길 원하는 무혜였다.

그랬기에 금검대는 영길을 공략한다.

"완전한 공략은 무리다. 그리고 도주는 어떻게 하지?"

"그렇겠죠. 완전한 공략까지는 바라지도 않습니다. 다만 공략 시도가 있었다는 게 중요합니다. 그리고 도주는… 영길 동쪽으로 큰 강이 있더군요. 섬도 많고… 유속도 빠르고."

"……."

"……."

모두의 시선이 당연히 영길 옆의 푸른 줄기로 향한다. 다른 곳보다 유난히 굵은 색채다. 그건 곧 강줄기가 넓고 크다는 뜻이다.

"믿을 만한 존재들을 이미 섭외했습니다. 앞으로 저희는 그들의 도움을 받을 겁니다."

"믿을 만한 존재? 누구지?"

무린의 물음에 무혜는 조용히 웃었다.

워낙 표정 변화가 없는 무혜이기에 그 웃음은 너무나 당연하게도 섬뜩 그 자체였다. 여태껏 보여준 무혜의 말.

이번엔 어떤 말을 할까?

"북원은 이번 전쟁에서 몇 번의 실수를 했습니다. 바로… 강 사람들을 화나게 했지요."

"아……."

갈충이 그 말에 신음처럼 탄식을 흘렸다.

초원에 사는 그들.

거친 벌판을 누비는 그들은 물과 별로 친하지 않다. 그런 이유로 저지른 실수가 있다. 바로 강에서 태어나 강에서 죽는 자들, 물이 삶의 시작이자 끝인 이들을 건드린 것이다.

무림에는 여러 문파가 있고, 유명하지만 유명하지 않은 문파도 있다. 건드리지 않으면 자신들의 터전에서 움직이지 않는 그들.

중원 천하.

모든 지역에 존재하는 강의 지배자들.

이 정도면 감이 오지 않나?

그래, 그들이 맞다.

"수로연맹입니다."

중원 천하,

녹림과 더불어 가장 많은 수의 문도를 거느렸다고 볼 수 있는 수로연맹을 북원이 건드린 것이다.

본래는 장강수로연맹이라 하여 중원 중심 쪽에 위치한 성에서나 볼 수 있을 것 같지만 사실 이들은 전 중원에 걸쳐 있다.

그리고 이들은 악질적인 수적(水賊)에게서 상단의 호위, 경계를 하고 그 수고비를 받아 삶을 이어간다.

이들 만큼 물길에 대해 잘 아는 이들도 없다.

그런데 북원은 길림성을 함락하고 영길을 보급 창고화하면서 그 옆의 강가에 위치한 수로연맹의 수채 몇 개를 토벌해 버렸다.

"맞아. 킬킬킬. 그들이 있었지. 어쩐지 처음부터 수로 이동에 대한 말에 대단한 자신감이 있다 싶었지. 킬킬킬! 그래, 군사님께서는 그들과 동맹을 이미 이끌어내셨나?"

"네, 서면으로는요. 하지만 길림성 수로연맹의 대장 격인 길림수채와의 약속이니 믿으셔도 될 겁니다."

"킬킬킬. 대단하시네. 이거 정말 대단하시구만. 크하하하 하하!"

갈충은 한 방 먹었다는 표정이다.

설마 이 정도로 발 빠르게 움직였을 줄이야. 정보를 만지는 갈충 조차도 못 따라갈 행동력이다.

"그들이라면 충분히 금검대를 안전하게 전장에서 이탈시켜 줄 거라 생각합니다. 대답이 되었나요?"

"잘 들었습니다."

장팔은 무혜의 말에 짧게 목례와 함께 대답하고는 자세를 바로 했다.

군사.

무혜는 정말 작심한 것 같았다.

능력에 대해 의심할 필요가 없다.

진짜라는 소리다.

"재밌겠군."

재밌겠어…….

백면의 중얼거림에 모든 조장들의 입가에 묘한 미소가 감돌기 시작했다. 군사 혜의 합류는 비천대에 새로운 날개를 달아주었다.

이제는 힘이 아닌, 전략전술까지 사용하는 부대가 된 것이다.

반대로 무린의 얼굴은 그리 밝지만은 않았다.

왜?

군사의 존재가 바로 혜, 자신의 동생이란 점 때문이다.

이제부터 군사는 자신이 짠 전술전략에 대해 책임을 져야한다. 여인의 몸인 무혜, 과연 얼마나 버틸 수 있을까?

군사란 직위는 본디 상상을 초월하는 압박도 느끼는 법이다.

'혜가 버틸 수 있을까?'

하지만 이제 와서 걱정해 봐야 이미 늦은 일이다.

이미 무혜는 '천명'에 따라 합류했고, 지금까지 죽을힘을 다해 숨겨놓았던 자신의 지혜를 세상에 풀어놓기 시작했다.

책임.

도움이라는 이유하에.

그래서 무린은 지금도 생각하고 있다.

'이게 좋은 일인지 나쁜 일인지 알 수가 없구나.'

무린은 속으로 그렇게 생각하며 옆에 앉은 무혜를 바라봤다. 별빛처럼 빛나는, 그러나 너무나 차가운 밤하늘의 혜성과도 같은 무혜의 눈동자가 보인다.

'후우……'

그래서 결국 터져 나오는 한숨을 막기가 힘들었다.

어찌 되었건 이제부터 무혜가 선택하는 결정 하나하나에 수많은 목숨이 떨어질 것이다. 그게 비천대가 될지, 아니면 북원의 군세가 될지는 아직 모르지만 말이다.

그러나 무린은 이미 어느 정도 예상이 되었다.

전장에서 수많이 구르고 구른 감이라는 놈이 말해주고 있다.

떨어지는 목숨은,

북원의 군세가 될 것이라고.

아니나 다를까.

돈화에 도착하자 갈충과 무혜가 정보를 받아왔다.

정보는 이렇게 말해주고 있었다.

길림에서 나온 병력은 오백씩 나눠졌고, 하나는 영길로, 하나는 유수로 향했다고 말이다.

그리고 따로 교하의 앞으로 오백의 병력이 전선을 구축했다. 당연히 이는 청연군을 막기 위한 병력이다.

아니, 막는 게 아닌 시간을 끌기 위한 병력이다. 소문의 진상을 알아보는 오백의 기병대는 각각 영길과 유수로 갔다가 교하에 집결한다.

비천대를 잡을 함정을 파기 위해 교하로 모이는 것이다.

이는 완전히 바타르의 명령을 무시한 것.

'큭.'

무혜의 의도가 제대로, 너무나 직격타로 먹혔다. 돈화에서 올라가면서 무혜는 길림에 소문을 하나 더 풀었다.

진짜는 교하다.

영길과 유수는 그냥 적의 교란지계다.

그러나 이건 소문이 아니었다.

은밀히 풀렸고, 이를 잡은 하오문이 북원의 수뇌부에 넘겼다. 그 즉시 파발이 떴다. 지금 급히 교하로 집결하라.

지금 당장!

물경 천이 넘는 북원군이 교하로 몰려들고 있었다.

그곳이 무덤인지도 모르고 말이다.

第百章

교하전투(較河戰鬪)

교하에서 남쪽으로 뱀처럼 한 바퀴 꼬불꼬불 통과해야 하는 협곡이 있다. 교하를 기준으로 볼 때, 그곳에서는 올라올 수 없었다.

그쪽은 절벽이기 때문이다.

그래서 이 협곡에 올라서기 위해서는 협곡을 아예 빠져나간 다음, 반대쪽에서 올라올 수밖에 없었다.

재밌는 건 협곡의 양쪽은 민둥산이기 때문에 매복도 쉽지 않다는 것이다.

하지만 아무도 모르는 법.

북원의 병력 천은 모인 대로 선발대를 급파했다. 무턱대고 들어갔다가 돌이라도 굴러 떨어진다면 아주 개박살이 날 것이기 때문이다.

소수의 선발대는 절벽을 기어올랐다.

절벽을 잘 타는 병사로 선발됐기에 가능한 일이다.

산에 오른 북원의 선발대는 주변을 샅샅이 살펴보고는 깃발을 들어 올려 본진에 신호를 보냈다.

신호의 내용은 당연히 아무런 매복도 없다는 내용이었다.

양쪽 협곡에서 깃발이 올라오자 북원의 군세는 이동을 시작했다. 대충 눈으로 살펴봐도 천이 넘는 병력이다.

"휘유. 교하를 지킨다는 소문도 헛소문이었군그래. 보니까 명의 패잔병도 교하에서 퇴각했고 말이야. 크하하하!"

"겨우 이삼백으로 천이 넘는 병력과 싸우는 건 멍청한 짓이지. 퇴각은 당연한 거야."

거친 몽골어로 이동하는 아군을 보며 얘기를 나누기 시작하는 북원의 선발대였다. 아무런 위협도 없으니 긴장이 풀린 것이다.

"그보다 요녕의 전선은 아직도 그 상태인가?"

"그대로라는군. 바타르 장군님도 쉽지 않은 모양이야."

"쯔쯔, 하루빨리 산해관을 넘어야 중원을 쓸어버리는 건데 말이야."

털이 가득한 자가 혀를 입술로 핥으며 말했다. 그는 정예가 되지 못해 후방인 길림에 있지만 이곳 길림에서도 전쟁이 주는 재미를 제대로 맛봤다.

전쟁이 주는 마약과도 같은 행위가 몇 개 있다.

바로 약탈, 그리고 힘없는 여인을 대상으로 한 패악질이다.

이건 승자의 당연한 의무 중의 하나.

바타르와 아므라는 이 중 강간은 하지 말라 명령했지만 모든 북원군이 그 말을 듣는 건 아니었다.

어디에도 꼭 말을 안 듣는 부류가 있었고, 이자가 그런 부류였다.

그는 길림의 몇 개 마을을 돌면서 저 끝 바닷가 마을에서 아주 재미를 쏠쏠히 보았다. 그러니 중원을 침탈한다는 상상만으로도 아랫도리가 불끈불끈 섰다.

"자네, 조심하게. 그러다가 걸리면 목이 날아가는 수가 있어."

"크하하핫!"

동료의 말을 그는 그냥 웃어넘겼다.

얼굴의 표정과 웃음으로 보아 동료의 말을 결코 듣는 게 아니었다.

잠시 후, 북원의 군세가 중군까지 들어가자 절벽을 올라온 오십의 선발대는 슬그머니 자리에 앉았다.

절벽을 오르며 떨어진 체력을 보충하기 위해서다.

"후우……."

전쟁에 중독된 전우를 걱정하던 북원의 병사가 바닥에 철 퍼덕 앉더니 깊은 한숨을 내쉬었다.

서늘한 바람이 얼굴을 스치자 잠시 후 다시 미소가 피었다.

시원함을 느끼기 시작한 것이다.

"것보다 자네, 애들은 보고 싶지 않나?"

그 병사는 이동하는 아군의 행렬을 보며 옆에 앉은 전우에 게 물었다.

"……"

그러나 전우에게서는 대답이 없었다.

이 친구가 뭐 하나 하고 고개를 옆으로 돌린 병사는 순간 벼락이라도 맞은 듯 몸을 부들부들 떨었다.

"……"

"……"

두 눈동자가 마주쳤다.

그리고 고요한 침묵이 흘렀다.

그 침묵은 오래지 않아 끝났다.

전우의 목을 비틀어 꺾어버린 정체불명의 사내가 하얀 이 를 드러내고 웃으며 말했기 때문이다.

"나? 가족이 없는데?"

"어, 어으, 어어어……."

순간 당황하여 병사는 말을 더듬기 시작했다. 이런 후방에
있다는 것 자체가 정예가 아니라는 말이니 이런 상황에 대한
반응도 느렸다.

반짝.

순간 사내가 품에서 날카로운 비수를 꺼냈다.

꿀꺽.

저 하늘에 강렬하게 떠 있는 태양. 그 태양의 빛에 반사되
어 날카로운 예광을 뿜어내는 비수를 보며 병사는 저도 모르
게 침을 삼켰다.

또다시 잠시의 침묵.

병사는 순간 튕기듯이 일어났다. 그러면서 품속의 호각을
잡으려 했다.

푸욱.

그러나 호각을 잡는 순간,

비수는 호각을 잡은 손등을 꿰뚫고 그대로 가슴까지 뚫고
들어갔다.

"컥!"

몸이 부르르 떨리고, 병사는 그대로 행동을 멈췄다. 지독한
통증이 뇌리부터 시작해 전신으로 내달린다.

"안 되지. 호각은 곤란해."

"커억! 우읍!"

병사의 손등부터 가슴까지 비수를 틀어박은 사내는 당연히 비천대였다. 그중에서도 조장급의 인사.

관평.

그였다.

"너는 그나마 깨끗해 보이기에 깔끔하게 보내준다. 감사하게 여겨라."

병사의 입을 솥뚜껑 같은 손으로 틀어막고 비수 끝을 다른 오른 손을 대고 힘을 주기 시작했다.

비수는 이미 들어갈 곳도 없었지만, 내력의 힘으로 손을 짓뭉개고 가슴을 부수면서 들어가기 시작했다.

"읍, 우웁……."

병사의 입에서 간헐적으로 신음이 흐른다.

그러나 그 신음은 결코 크게 울리지 못했다.

꺼져가는 의식 속에 이미 서서히 풀려가는 눈동자로 병사는 협곡의 전방을 주시했다.

아군, 아군이 있으니 이 행동을 봤을 것이라 생각한 것이다. 봤다면 분명 깃발과 호각으로 적이라고 신호를 보내줄 것이다.

"우으……."

그러나 병사의 입에서는 곧이어 절망의 신음이 흘렀다.

협곡 건너편.

자신과 비슷한 일이 벌어지고 있었다.

검은색 복장 일색의 무리가 아군을 은밀히 암살하고 있었다. 모두 다 비슷해 보이는 광경밖에 없었다.

결국 전부 당했다는 것.

병사의 머릿속에, 마지막 의문이 들었다.

대체 어떻게?

어디에 숨어 있던 거지?

"눈빛이 뭘 말하는지 보이는군. 이제 곧 저승길로 올라갈 테니 말해주지."

관평은 상체를 당겨 병사의 귀에 얼굴을 가까이하고는 조용히 말했다. 이미 병사는 반항을 멈춘 상태.

그저 관평의 행동을 볼 수밖에 없었다.

"땅을 파고 숨어 있었다. 저쪽 협곡 중간쯤에."

"우으......"

"정상 쪽이 아니라 수색을 대충 하더군. 뭐, 크기도 했으니 이해한다. 하지만 너무 안일했지? 너무 방심했지? 저 절벽을 기어올라 너무 힘들었지? 그래서 대충 했지? 그 모든 방심이 네가 죽는 이유다."

"......"

더 이상 관평이 입을 틀어막은 병사에게서는 신음이 나오지 않았다.

이미 흉부가 부서지고 비수를 통해 내력이 흐르면서 병사의 속을 죄다 헤집어 버렸으니 당연한 일이다.

"……."

차가운 눈으로 병사를 노려보던 관평이 입을 막던 손을 떼고 비수를 뽑았다. 핏물이 튀었다.

그러나 이미 관평은 물러나 있었다.

그의 시선이 뒤이어 협곡 건너편과 자신의 주변을 훑었다. 역시나 이미 정리가 끝난 상태였다.

다른 이들도 아니고 비천대가 직접 매복했다.

이런 작전은 이미 수도 없이 해본 이들. 매복은 북방에서는 일상다반사는 아니어도 잊을 만하면 찾아오는 전술이었다.

"정리 끝났나?"

뒤에서 걸어오며 관평에게 말을 거는 사내.

어깨를 가로질러 메고 있는 특색 없는 철창 한 자루.

무린이었다.

"끝났습니다."

"수고했다."

"……."

관평은 그 말에 조용히 군례를 올렸다.

무린은 다가와서 협곡 밑을 바라봤다.

"대단하군. 대단한 자신감이야."

"그러게 말입니다."

이렇게 무방비 상태로 협곡을 지난다.

선발대를 보냈지만 사실 이마저도 대충 수색했다. 아마 급히 오느라 떨어진 체력과 두 곳을 노린다는 소문이 전부 거짓이라는 걸 깨닫고는 이쪽도 당연히 아닐 것이라 생각했을 것이다.

사실 이러면 안 된다.

이미 무린에게 몇 번이나 당했는데 이렇게 긴장의 끈을 풀다니 말이다. 하지만 사람이라는 것은 언제나 긴장하고 살 수는 없는 법.

무린조차 긴장이 풀릴 때가 있다.

지극히 당연한 일이다.

하지만 군을 이끄는 지휘관의 입장으로 본다면 절대로 있어서는 안 될 일이다. 그런데 이들은 긴장을 풀었다.

염라대왕 앞에 가서도 할 말 없을 것이다.

"다 들어왔군."

"터뜨리겠습니다."

"……."

무린은 잠시 침묵했다.

그 후 짧게 고개를 끄덕였다.

관평은 바로 창대에 깃발을 걸어 들어 올렸다. 아까 북원의 선발대가 흔들었던 그 깃발이다.

좌우로 두 번.

그 후 관평 본인도 행동에 들어섰다.

잠시 후,

쾅!

콰과광!

협곡의 양 끝, 입구와 출구의 절벽이 무너지기 시작했다. 군에서도 극비리에 운용한다는 지뢰가 절벽에 촘촘히 박혀 있다가 폭발한 것이다.

매하협곡의 전투는 지뢰가 터지고 절벽이 무너지는 굉음과 함께 시작되었다.

* * *

지뢰(地雷).

포와 함께 군에서 가장 극비리에, 그리고 가장 삼엄하게 운용하는 군사 무기다. 화약 제조도 쉽지 않을뿐더러 가장 운용하기 까다로운 것도 바로 지뢰다.

이런 지뢰를 비천대가 어떻게 얻었을까?

약탈한 건 아니다.

직접 만들었다.

그럼 누가?

설마 무혜가?

아니었다.

오래전 무린과 인연을 맺은 야장, 막야. 바로 그가 이 지뢰를 만들었다. 무혜는 정말 단단히 준비를 해왔다.

불안함 끝에 먼저 움직였으니, 바로 무경십서 마지막 장 무기 제조편을 들고 막야를 찾아간 것이다.

제갈세가에도 당연히 화약의 제조와 포는 존재한다.

다만 존재만 할 뿐이지 실용으로 쓰지는 않는다. 사용하는 것 자체가 반란에 준하는 행위이기 때문이다.

그래서 적당한 수량을 맞출 수가 없다.

더욱이 수량이 있다 해도 그걸 내어줄 리도 없다. 그래서 무혜는 막야를 찾아갔다. 그리고 무경십서의 마지막 장을 내밀면서 만들어달라고 했다.

막야는 보는 순간부터 고민이 들었다.

"음……."

막야의 부드럽던 표정이 순식간에 굳었다. 그라고 모르는 게 아니다. 군부의 야장으로 있던 아버지에게서 누누이 들었다.

절대 사사로이 취급해서는 안 될 게 바로 화약이라는 놈이라고.

"화약을 만들어 달라는 말씀인가요?"

"네. 정확히는 지뢰입니다."

"……."

막야의 물음에 꼿꼿한 자세로 서 있던 무혜가 곧바로 대답했다. 너무나 간결하고 단정적인 대답에 잠시 막야의 말문이 막힐 정도였다.

그러나 막야는 금세 정신을 차리고 다시 물었다.

"이걸 어디다 쓰려는지 물어도 되겠습니까?"

"대답 못할 이유도 없어요. 오라버니를 도와드리려고 해요."

"오라버니라……."

막야는 무혜의 오라버니가 누군지 안다.

당연히 알고 있다.

그와 처를, 자식을, 그리고 아버지까지 구해준 무린이다. 그것은 구명의 은혜다. 만약 그때 무린이 막야의 대장간에 찾아가지 않았다면 어떤 일이 일어났을지 아무도 모른다. 별일 안 일어나고 끝났을 수도 있겠지만, 당시 상황을 보면 결코 그렇지 않았다.

사달이 나도 분명 큰 사달이 났을 것이다.

그 은혜를 갚기 위해 막야는 가족을 이끌고 이곳 태산으로

왔다.

그것도 태산현에 자리를 잡지 않고 본가는 비천대가 머무는 요새에 가까운 그 마을에 자리를 잡았다.

"음……."

"못 만드나요?"

"아닙니다. 사실 이미 화약 제조법은 알고 있습니다. 아버지께 배웠지요. 문제는 이걸 만들었을 시 감당해야 할 것들입니다."

"……."

막야의 말에 무혜는 잠시간 말문을 닫았다. 무혜라고 모르는 게 아니다. 화약은 군에서 엄격하게 관리한다.

옛날에는 벽력당 같은 화약을 사용하는 강호 문파도 있었지만, 이미 황제의 철퇴를 맞고 사라졌다.

암기나 독을 다루는 당문과 만독문은 용납해도 화약을 이용한 무기를 취급하는 문파나 단체는 결단코 황실이 가만두지 않았다.

그렇기에 화약을 이용해 지뢰를 만들어 달라고 하는 무혜의 부탁은 사실 미친 짓이나 다름없었다.

하지만 문제는 이걸 만들어 달라는 사람의 신분과 이게 사용될 장소, 그리고 사유였다.

막야가 이곳에 왜 있나.

무린 때문이다.

무린에게 은혜를 갚기 위함이다.

무린이 하려는 일이 끝나면 막야도 이곳을 떠날 생각이다. 그런 생각을 가진 막야이기에 무혜의 부탁을 냉정하게 거절하지 못하고 있는 것이다.

지뢰.

잘만 쓰면 전세를 순식간에 뒤집을 수 있다.

패색이 짙은 전투도 이 화약의 폭발력을 이용한 지뢰로 곧바로 승기를 잡을 수 있다는 뜻이다.

막야도 소식은 들었다.

무린이 죽다 살아났다는 소식을, 비천대가 북원의 악마기병에게 처참하게 깨졌다는 사실도, 요녕 전체가 지금 심지에 불만 안 붙였지 완전히 대륙을 쪼개 버릴 화탄이 되었다는 사실까지도.

간간이 승전보가 들려오나 그것을 전부 알고 있으니 무린이 지금 얼마나 위험하고 위태로운 상황인지 잘 알고 있다는 소리다.

그렇기 때문에 '안 됩니다', 혹은 '죄송합니다'라는 말이 선뜻 입 밖으로 나오지 않았다.

"안 되나요?"

"으음……."

무혜가 다시 물었지만, 막야는 이번에도 대답을 하지 못했다.

쉽다.

안 됩니다.

이 한마디가 나오질 않았다.

"무슨 일이냐?"

그때 대장간 뒷문이 열리며 건장한 체구의 노인이 들어왔다. 막야의 아버지인 막유철이다. 남해의 도성이자 왜놈 토벌 기지의 본진이 있는 해구에서 야장으로 거의 반평생을 보낸, 어쩌면 무린처럼 귀병과도 같은 삶을 살아온 노인이다.

"아, 아버지, 오셨어요."

"그래, 이 소저는… 무린 소협의 동생이구나. 이 후끈거리는 곳에 어쩐 일이신가?"

막유철이 막야의 인사를 간단히 받고는 무혜에게 물었다. 무혜는 송골송골 맺혀 떨어지는 땀을 스윽 닦아내고는 대답했다.

"지뢰를 만들어 달라 부탁하러 왔습니다."

"뭘 만들어 달라고? 지뢰? 내가 지금 잘못 들은 건가?"

막유철이 눈살을 찌푸리며 되묻자, 무혜는 그저 고개를 저었다.

"아닙니다. 제대로 들으셨습니다. 저는 지금 막야 소협께 지뢰를 만들어 달라 부탁하러 왔습니다."

"……."

순간 막유철의 눈빛이 그저 찌푸려지는 게 아닌, 아주 차갑게 가라앉기 시작했다. 그건 헛되게 살아오지 않은 세월에서 나오는 연륜, 그리고 한 분야의 명인, 혹은 장인의 자리에 올라 생기는 기세와 섞여 차갑지만 무겁고 진중했다.

"소저가 지금 무슨 말을 하는지 알고 있는 겐가?"

끄덕.

"네, 대명 황실에 반하는 행동을 해달라고 부탁하고 있습니다."

"……."

너무나 명확한 어조의 무혜의 말에 막유철 또한 침묵했다. 좀 전에도 말했듯이 지뢰, 화탄은 만들었다가 걸리면 그대로 멸족이다.

주변은 물론 구족이 모조리 모가지가 날아갈 수도 있는 일이다.

그만큼 위험한 일이다.

"결코 숨길 수 없을 것이네. 내 가족을, 더불어 오라비와 비천대의 가족까지 다 죽일 셈인가?"

"아닙니다. 더 큰 공으로 상쇄시킬 생각입니다."

"만약 못 세우면?"

"세웁니다."

무혜는 고개를 저었다.

자만이 아니다.

자신감이다.

당연히 그래야 하는, 너무나 당연한 일이었다. 예전에는 안 그랬지만 지금은 머릿속에 맴도는 게 전부 적을 끌어들여, 혹은 파고들어 섬멸하는 방법만 떠올랐다.

그리고 무린을 위해서라면 무슨 일이든 할 준비가 되어 있는 무혜였다. 손에 피가 덕지덕지 묻어 지워지지 않는다고 해도 오라비인 무린이 무사하게 돌아올 수만 있다면 그걸로 만족할 수 있는 무혜였다.

"무린 소협을 도우기 위해서겠지?"

"네."

"……."

막유철이 막야를 바라봤다.

곤혹스러운 표정의 막야.

막유철은 아들의 표정에서 바로 깨달았다.

"고민하고 있구나."

"…네."

막유철의 질문에 막야는 좀 늦게 대답했다. 그의 현재 심정이 고스란히 느껴진다.

그에 막유철은 깊은 한숨을 내쉬었다.

"후우……."

막아야 정상이다.

그런데 막유철 본인도 제남에서 무린의 도움을 받았다. 무린이 없었다면 자신은 물론 아들인 막야와 며느리, 그리고 갓 태어난 손자까지 모두 화를 당할 뻔했다.

막유철은 겪어봤기에 안다.

왜구가 해구를 제대로 친 적이 있었다.

작정하고 털러 온 것이다.

그 당시 막유철은 젊었다.

그래서 겨우겨우 도망쳐 살았지만 그 과정에서 보고 들었다. 지옥이 된 해구의 처참한 상황을.

당시 제남성도 비슷했다.

만약 무린이 막 씨 일가를 문인의 곁으로 보내지 않았다면, 그래서 제남성주의 진형으로 가지 못했다면 아마도 크나큰 횡액을 당했을 것이다.

자신은 물론 아들과 며느리에 손자까지 그 누구도 살지 못했을 것이다.

반란이란 전쟁이고, 전쟁이란 그런 것이니까 말이다.

그러니 막유철도 막야와 비슷한 상황에 빠졌다.

머리는 거절하라 말한다.

그러나 가슴은 수락하라 말하는 이 기묘한 괴리감에 말이다.

"네가 결정 내리거라."

"……"

막유철은 그 말만 남기고 돌아섰다.

무린과 연을 맺은 것은 아들인 막야다.

그래서 모든 선택권을 아들에게 넘겼다. 결코 본인이 선택하지 못해서가 아니다. 장성한 아들이고, 자신이 잘 교육시켰다고 생각했다.

이성과 감성 사이에서 흔들리는 것도 어쩌면 이 난세에 태어난 아들의 성장을 위한 길이라 생각했다.

정신적인 성장은 당연히 본신의 재능에 도움을 주게 마련이다.

그래서 선택을 넘겼다.

또한 살면서 이러한 선택은 언제나 찾아오는 법.

막유철도 많이 겪은 일이다.

막유철이 뒷문으로 나가자 무혜는 막야를 조용히 바라봤다. 그 눈빛에 답을 내려 달라는 감정이 다분하게 담겨 있다.

"……"

"……"

약 반각.

막야가 고민 중이던 얼굴을 들고 자세를 바로 했다.

"만들어 드리겠습니다."

"……."

무혜는 그 대답에 그저 몸을 깊이 숙여 감사의 예를 취했다.

시간이 흐르고 흘러 무혜에게 호연화의 편지가 도착했을 때, 막야에게서 지뢰 백 발이 완성됐다는 서신도 같이 도착했다.

그리고 그 후 지뢰는 문인도 모르게 산동에서 바다를 건너 조선에 도착, 길림으로 넘어갔다. 그 누구도 모르는 일이다.

오직 막야와 막유철, 그리고 무혜만 알고 있다.

총 세 곳으로 나눠 보낸 지뢰는 각각 돈화, 통화, 매하구로 옮겨졌다.

이미 이것까지 전부 계산한 무혜이다.

문인이 알았다면 아마 기겁했을 일.

그러나 무혜는 문인도 모르게 일을 처리했다.

북풍상단을 통해서였다.

그렇다면 무혜는 대체 왜 지뢰를 만들어 달라고 했을까? 당시에는 호연화의 서신도 오지 않았는데?

아마 느끼지 않았을까?

그녀도 자신의 천명을.

그리고 애초에 군사란 족속들은 이해하기가 힘든 법이다.

시간이 지나,
교하의 협곡에서 지뢰 삼십 발이 터졌다.

*　　　*　　　*

콰콰쾅!

천지를 뒤흔드는 굉음과 함께 거대한 화마가 협곡의 입구
와 출구에서 터졌다. 동시에 자욱한 먼지가 피었고, 쪼개진
절벽이 우르르 무너졌다.

조각조각 천차만별인 바윗돌이 중력의 법칙에 의거, 그대
로 자유낙하를 시작했다.

데굴데굴 굴러 떨어지는 것도 있고, 허공으로 튕겨나가 그
대로 떨어지는 것도 있다.

"으아!"

"으아악!"

동시에 협곡에서 용오름처럼 처절한 비명이 울렸다. 희망
따위는 단 한 점도 존재하지 않는 절망의 비명이었다.

육신과 단단하기 그지없는 바위와 부딪치는 소리가 들렸
다. 먼지 폭풍에 가려 당연히 튀었을 붉은 피는 보이지 않

왔다.

"……."

"……."

그 광경을 말없이 보고 있는 일단의 존재들.

당연히 비천대였다.

한참이 지나 먼지구름이 걷히고 처참한 협곡의 상황이 눈에 들어왔다.

아비규환이 따로 없었다.

아예 납작하게 작살이 난 시체가 있는가 하면, 자기 몸에 비교해도 결코 작지 않은 바위에 찍혀 비명을 내지르고 있는 자도 있었다.

주먹 크기의 돌에 격타당해 피를 철철 흘리고 있는 자들도 있다.

돌은 무겁다.

주먹만 해도 이 정도 높이에서 자유낙하하는 돌에 제대로 맞으면 즉사다. 다만 지뢰에 의한 낙석에 당한 북원군은 지뢰가 터진 입구와 출구 쪽이 전부였다.

왜?

이유는 간단했다.

봉쇄(封鎖).

입출구의 봉쇄가 목적이었기 때문이다.

이 정도 크기, 길이의 협곡을 죄다 붕괴시키기엔 지뢰가 모자랐다. 그래서 무혜는 선 점령 후 척후병 역할을 하는 선발대가 올라오고, 그들이 신호를 보낸 다음 군이 협곡으로 다 들어서면 입구와 출구를 터뜨리는 방식을 택했다.

결과는 보이는 그대로.

입구와 출구는 완전히 막혔다.

지뢰의 폭발력으로 인해 우르르 쏟아진 집채만 한 바위들이 쌓여버렸기 때문이다. 그 높이도 결코 무시할 수 없었다.

틈도 제각각이라 저 벽을 넘어 도망치는 이들은 아마 극소수에 불과할 것이다. 하지만 무린은, 아니, 무혜는 결코 그냥 도망치게 해줄 마음이 없었다.

"이계(二計)를 실시한다."

"네."

무린의 무감정한 말에 관평 또한 고저 없는 목소리로 답하고 다시 깃발을 들었다. 언월대도에 꿰여 있는 깃발이 빙글빙글 원을 그린다.

그러자 협곡 좌우의 비천대원들이 전부 등으로 손을 가져갔다. 그리고 다시 앞으로 나왔을 때는 비천대원 전부가 궁을 잡고 있다.

다시 깃발이 빙글.

허리춤에 걸린 화살 통에서 화살을 꺼내 시위에 건다.

차라락!

관평의 깃발이 일직선으로 그어졌다.

핑!

피비빙!

귀를 자극하는 소음과 함께 화살이 시위를 떠났다. 그리고 떠난 화살은 협곡을 향해 거의 직각으로 날아갔다.

푹!

푸부북!

"컥!"

"크륵!"

밀집해 있으니 화살은 여지없이 머리와 어깨에 꽂혔다. 더욱이 아직 수습되지 않은 상황이라 일차 공격에는 그 누구도 방비를 할 수 없었다.

"화살 공격이다!"

"몸을 숨겨! 벽으로 붙어!"

재빨리 상황을 파악한 일부 지휘관들이 소리쳤지만, 이미 협곡 아래는 아비규환. 정신을 차리고 지휘관의 명령을 따르려 벽으로 붙으려는 자와, 그저 혼란에 빠져 허둥지둥하는 자들이 한데 뒤엉키며 더욱 큰 혼란을 자아냈다.

"정신 차려라!"

호통이 터졌다.

내력이 실린 호통이다.

무린의 눈동자가 그 호통에 반응하듯 서늘하게 빛났다. 협곡 아래를 보니 잠잠하다. 호통에 잠시 움찔하여 멈춘 것이다.

"연경, 활을 빌려다오."

"네."

무린의 말에 근처에 있던 연경이 바로 자신의 활을 무린에게 건넸다. 그리고 화살 통에서 화살 한 발도 꺼내 건넸다.

특이하게 화살이 검은색이다.

"철시(鐵矢)로군."

무린은 화살을 바라보다 다시 미소를 지었다.

오히려 좋다.

나무 화살은 내력을 버티지 못한다.

좀 전에 호통을 친 자에게 일반 사격을 하면 분명히 쉽게 쳐낼 것이다. 그도 내력을 갖춘 무인이니 말이다.

하지만 철시라면 얘기가 다르다.

무린의 내력을 거침없이 받아들일 수 있을 것이다.

그그극!

무린의 손에 잡힌 궁, 시위가 팽팽하게 당겨졌다. 그리고 일시 정지. 숨 두어 번 내쉴 시간이 지나자 철시에서 뿌연 아지랑이가 피어오르기 시작했다.

삼륜의 내력을 철시가 먹은 것이다.

무린의 눈동자가 아직도 내력을 가득 담아 호통을 치며 혼란을 수습하는 자에게 향했다. 체구가 장대하다.

거기다가 복장도 다른 병사들과 다르다.

이마 앞,

고고히 회전하는 삼륜.

"흐읍."

숨을 마시고 무린은 시위를 걸고 있는 손가락을 놓았다.

핑.

콰가가가각!

시위를 떠난 화살은 처음부터 맹렬한 굉음을 생성했다. 그건 흡사 공기를 찢어발기는 소리와 비슷했다.

너무나 티를 내고 날아갔기에 협곡 아래 북원의 무인도 금방 무린이 쏘아 보낸 화살의 존재를 알아차렸다.

아니, 웬만큼 정신이 있는 북원의 병사들 대부분이 알아차렸다.

"흥!"

안광이 번뜩이더니 그가 허리에 걸린 대도를 잡았다.

그리고 발도, 뽑는 순간 비틀어 무린이 쏜 철시를 후려쳤다.

쩡!

그그극!

"흡!"

북원 무인의 눈동자가 순간 화등잔만 하게 커졌다.

후려치던 일련의 동작이 잠시 멈췄다. 그러나 시간은 역시 계속해서 흐르기 마련이다. 이후 촌각, 정말 촌각의 시간이 지난 후 그 다음이 이어졌다.

철시가 대도의 면을 긁어내면서 전진했다.

삼륜공의 특성.

관통.

퍽!

"컥."

철시는 그대로 북원 무인의 가슴을 관통하고 땅에 처박혔다. 아니, 처박힌 정도가 아니라 깃도 보이지 않을 정도로 땅을 파고들어 아예 모습을 감춰 버렸다.

피어나는 작은 먼지구름과 그 사이의 구멍이 저곳을 파면 철시가 있을 거란 생각이 들게 했다.

툭.

무인은 그대로 무릎을 꿇었다.

"……"

그리고 말없이 자신의 가슴을 바라봤다.

내력을 담은 철시가 관통하며 어린아이 주먹 크기의 구멍을 만들어 버렸다. 내력이 회전하면서 관통하여 생긴 결과이다.

"키긱……."

단말마.

그는 그대로 앞으로 철퍼덕 엎어졌다.

꿈틀.

마지막으로 경련을 한번 한 후 쓰러진 북원의 무인은 움직임을 멈추었다.

"……."

"……."

그의 주변에 있던 병사들은 그저 멍하니 그 광경을 지켜볼 뿐, 어떤 말도 하지 못했다. 너무나 순식간이고, 무인의 세계가 보여주는 비현실에 넋이 일순간 나간 것이다.

휘이잉.

협곡을 통과하는 한줄기 바람이 그들의 넋을 다시 현실로 되돌렸다.

"으아!"

"숨어! 도망쳐!"

그곳부터 다시 시작된 혼란은 최초보다 더욱 거세게 전염되기 시작했다. 하지만 말했다. 협곡의 출구는 붕괴됐다.

도망갈 수 있는 곳은 지금 이 순간엔 그 어디에도 존재하지 않았다.

*   *   *

무린의 한 방은 강했다.

현재 상황에 해가 되는 존재를 격살했으며, 북원군의 혼란과 공포를 더욱 가중시켰다. 이성이 마비되면 정상적인 판단은 어렵다.

"나를 호위해라! 어서!"

유독 화려하게 입은 자가 주변으로 삿대질을 하며 소리쳤다. 아마 복장으로 보아 이 부대를 이끄는 지휘관 같았다.

하지만 딱 봐도 그리 유능해 보이지는 않았다.

사실 유능했으면 이런 상황이 되지도 않았을 테니 그 말은 맞았다.

"쏘아 부어!"

"네."

관평이 다시 언월대도를 들어 올려 좌우로 휘둘렀다. 그에 협곡 좌우로 포진하고 있던 비천대원들에게서 진득한 살기가 피어올랐다.

이번 관평의 수신호는 연사다.

인당 백 발씩 가져온 화살을 모조리 퍼부으라는 명령이다.

"온다! 모두 벽에 달라붙어!"

"피해! 피해라!"

그 진득한 살기를 느꼈는지 곧바로 협곡 아래서 반응이 왔다.

핑!

슈아악!

날카로운 촉이 바람을, 공간을 가르며 밑으로 쏘아졌다. 협곡 좌우로 도합 이백. 비천대 전원이 올라와 있다.

푹!

"으아아"!

"피해! 벽에 붙어!"

또다시 쏘아진 화살 공격에 협곡 아래는 사망자, 부상자가 속출하기 시작했다. 사실 피할 장소는 거의 없었다.

비천대가 한쪽에만 있었다면 모를까, 양쪽으로 포진하고 있으니 벽으로 붙어도 반대쪽의 비천대에게 노출된다.

그 때문에 다시 반대쪽으로 간다 해도 여전히 비천대에 노출된다.

즉, 피할 수 있는 공간은 사실상 없다는 소리다.

비천대의 손에서 속사로, 사격이 고속으로 퍼부어졌다.

어찌나 빠른지 거의 호흡 한 번 가다듬을 시간에 한 발씩 쏘아졌다. 당연했다. 애초에 표적을 겨냥할 필요가 없었기 때문이다.

밀집해 있으니 대충 겨냥해서 쏴버리면 되는 상황이다. 각자가 챙겨온 백 발의 화살을 쓰는 데 걸린 시각은 겨우 반각 정도.

휘이잉.

사격이 멈춘 후 협곡 위로 올라오는 바람.

흔히 용권풍이라 하는 바람에 비릿한 피 내음이 섞여 있다. 범인이라면 토악질을 할 만큼 농도가 짙은 피 내음에도 비천대는 일말의 미동도 없었다.

그것은 죄책감을 느끼지 않는다는 것.

애초에 복수라는 감정에 짙게 물든 비천대다.

북원이라면 이를 가는 이들이 비천대이니 그런 감정을 느낄 리가 만무했다.

쾅!

쾅쾅!

그때 입구 쪽에서 폭음이 들렸다.

무린의 시선이 따라가 보니 자욱한 먼지구름이 일면서 바위가 부서지고 있다. 북원군에 은밀히 섞여 있던 무인들이 나서서 입구를 뚫고 있는 것 같았다.

산발적으로 범위가 넓은 것을 보니 단지 몇몇이 아닌 것 같왔다.

"무인이 더 있었군."

"군사의 예상대로입니다."

"그래, 예상대로지."

무혜는 북원군에 무인이 섞여 있을 것이라 판단했다. 여기서 무인이란 악마기병이 되지 못한 무인들이다.

북원군에는 소속되어 있으나 악마기병이나 초원여우가 되기에는 그 역량이 부족한 자들.

이런 자들은 따로 은밀히 운용하고 분명 이 안에도 섞여 있을 것이라 하더니 아니나 다를까, 역시나 있었다.

"수를 보아 삼십? 그 정도 되어 보이는군."

어느새 다가온 제종이 느긋한 목소리로 대답했다. 그의 얼굴은 물론 검은 무복 전체에 검붉은 얼룩이 져 있다.

피가 튄 것이다.

아마 절벽을 타고 올라온 선발대를 죽이는 과정에서 튄 것 같았다.

"킬킬. 그나저나 군사의 예상에 소름이 돋는군. 킬킬킬."

거의 붙어 다니는 갈충까지 다가오며 고개를 절레절레 저으며 말했다. 갈충의 말대로 지금까지 무혜의 말은 한 치의 어긋남도 없었다.

너무나 정확하게 한 치의 빗나감도 없이 지금까지는 모조리 들어맞았다. 이것저것 설명할 필요 없이 지금까진 전부 맞았다.

"슬슬 내려가지."

"네."

무린의 말에 관평이 다시 깃발을 흔들었다.

이번에는 퇴각 수신호.

그런데 이렇게 끝?

분명 비천대의 궁사에 많은 북원군이 죽었다. 그러나 협곡 아래에는 아직도 몇 백에 달하는 이들이 있다.

"그럼 난 마지막 계를 하고 내려가지."

"부탁합니다."

갈충의 말에 무린은 가볍게 대답하고는 곧바로 협곡을 내려가기 시작했다.

쾅!

콰광!

폭음이 여전히 들렸다.

무린은 달려 내려가며 생각했다.

'무혜의 말대로 출구에는 지뢰를 비교적 적게 심었으니 반 시진이면 뚫겠군.'

양 협곡의 입, 출구에 심은 폭약의 양은 다르다.

입구가 이십 개, 출구가 열 개다.

생각보다 지뢰의 숫자는 적지만, 비천대가 미리 사전에 공작을 펼쳐놨기에 협곡이 붕괴지경으로 무너진 것이다.

어쨌든 입구 쪽은 길을 열 만한 가능성이 있게 폭파시켰다는 소리다.

'분명 북원의 무인들이 입구 쪽을 열 거예요. 오라버니는 사격이 끝나면 청연군이 끌고 오는 전마를 인수받아 작전을 마무리해 주세요.'

무혜의 말이 귓가에 어른거린다.

피식.

협곡을 내려오자 무혜가 아주 정확하게 보냈는지 저 멀리서 먼지구름이 보인다. 안력을 끌어올려 보니 선두에 보이는 깃발이 푸르다.

청연군이다.

"충!"

"……."

그들의 대장 위연광의 군례를 무린은 가볍게 받고는 그가 직접 몰고 온 전마를 인계 받았다.

무린의 전마였다.

비천대 전원이 청연군이 끌고 온 전마에 올라탔다.

쾅!

콰광!

그 순간에도 폭음은 여전히 계속해서 울렸다.

들썩이는 바위도 보였다.

조금씩 입구가 열리고 있다는 뜻이다.

"백면."

"왜 그러오?"

무린의 부름에 비천이조 조장 백면이 다가왔다.

"선두를 맡기지."

"호오?"

백면은 무린의 말에 흥미롭다는 표정을 지었다. 무린이 합류하고 난 이후 언제나 선두는 무린이 섰다.

그건 그동안의 부재 때문이었다.

지켜주지 못한 미안함 때문이었다.

"압도적인 공포를 심어줘라."

"후후, 후후후."

무린의 말에 백면이 차가운 웃음을 흘렸다.

적에게 공포를 심는 데는 사실 무린보다 백면이 한 수 위다. 그는 배화교의 무인. 가진 바 무공이 정교함보단 파괴에 가깝다.

닿는 즉시 터진다.

피가 튀고 살점이 날아다니고 뼈가 비산할 것이다.

그런 현상은 곧 공포를 유발하는 데 더할 나위 없이 좋다. 말했듯이 공포는 사람의 이지를 상실시킨다.

상실한 이지 때문에 제대로 된 판단이 불가능해지고 본신의 능력 또한 크게 저하된다. 그런 자를 상대하는 것만큼 쉬운 것도 없다.

그런 무력을 가진 백면이 시선을 협곡으로 향하며 조용히 대답했다.

"그러리다."

백면의 대답을 들은 무린의 시선이 그 옆에 서 있는 이에게 돌아갔다.

본래는 청수했던, 한없이 고고했던 무인.

그러나 지금은 그 무엇보다 예리한 검이 된 무인.

남궁유청이었다.

"어르신."

"말하게."

서늘한 한기를 발하는 눈동자로 협곡 입구를 바라보며 대답하는 남궁유청. 이미 그의 손에는 한 자루 장검이 싸늘한 예광을 발하며 잡혀 있다.

언제 어느 때든 나는 사람을 죽일 준비가 되어 있다고 온몸으로 말하고 있는 남궁유청이다.

동화된 것이다.

비천대의 기질에 남궁유청 또한.

그런 남궁유청에게 무린이 다시 말했다.

"부탁드립니다."

"걱정 마시게."

백면의 무력은 무린에 비해 결코 떨어지지 않는다.

창천유검 또한 그런 백면과 여러 차례 검을 나눴다. 결과는
동수. 둘은 승부가 나려면 어디 하나 내놓아야 할 정도로 실
력은 종이 한 장 차이다.

그런 창천유검이 백면과 함께 선두에 선다면 분명히 다를
것이다.

쾅!

쾅!

우르르!

열리고 있었다.

성인 몸뚱이 크기의 바위들이 쪼개지면서 무너지고, 결국
은 공간을 만들어주고 있다. 하지만 알까 모르겠다.

그 구멍이 결국 자신들을 저승으로 보낼 지옥문이 될 것이
라는 것을.

"비천대 도열."

무린과 백면, 남궁유청의 뒤로 도열하기 시작하는 비천대.

그리고 그 옆으로 다시 삼백의 청연군이 섰다.

"중진입니다. 제가 신호를 주면 들어가십시오."

"네, 알겠습니다!"

무린의 말에 위연광이 힘차게 대답하고는 전방을 노려봤다.

청연군을 이끄는 위연광.

그는 말했듯이 저 길림성 위쪽에서부터 바타르에게 패하면서 쫓겼다. 하루하루가 도망의 연속이었다.

그렇게 겨우 살아 청연군을 규합하고, 나라를 위해 기습전을 시작했다. 하지만 이길 때도 질 때도 있었다.

이번에 교하를 친 것은 사실상 무리수였다.

하지만 딱 운이 겹쳐 승전을 올릴 수 있었다.

승전에, 군공에 눈이 먼 게 아니다.

지금 이 순간은 그도 비천대만큼이나 북원에게 이를 갈고 있었다.

쾅!

콰광!

연이은 폭음과 함께 결국 성인 네다섯이 한 번에 나올 수 있을 크기의 구멍이 뚫렸다. 자, 이제 마지막 계의 시작이다.

"비천이조."

"네!"

쩌렁쩌렁한 대답이 군기와 투기, 살심에 버무려져 하늘로 승천했다.

그런 대답에 백면은 만족한다는 웃음을 지었다.

"돌격."

찰싹!

"이랴!"

히히히힝!

앞다리를 높게 든 백면의 전마가 지축을 울리며 질주하기 시작했다. 그 옆으로 나란히 달리는 창천유검.

그 뒤로 비천이조가 붙었다.

비천대의 특기 추형진이다.

동시에 저 멀리 협곡 끝으로부터 회색빛 매캐한 연기가 피어오르기 시작했다. 갈충이 삼계인 화공을 쓴 것이다.

뒤는 불.

앞은 기병.

이미 협곡 안은 아비규환이라는 말로 설명이 불가능했다.

두드드드!

퍽!

푸확!

백면의 패도 가득한 검이 가장 먼저 빠져나오는 북원 무인의 몸뚱이를 산산조각 내는 것을 시작으로 교하 전투의 종장이 시작됐다.

*　　　*　　　*

선두에 선 남궁유청이 검을 들었다가 거칠게 내려쳤다. 겉으로 보기엔 단순한 행위지만 그건 결코 단순한 행위가 아니었다.

그 내려침에는 남궁가 비전 창궁무애검의 진수가 모조리 담겨 있기 때문이다. 푸르게 빛나는 장검이 그걸 증명한다.

또한 쏟아지는 파괴적인 기운이 그 증명을 보탠다.

촤라락!

새파란 빛 무리가 촘촘한 그물을 형성해 북원군을 덮쳤다. 그들은 그걸 멍하니 지켜보는 수밖에 못했다.

그리고 그게 철조차 베어버리는 검기로 형성됐다는 것도 몰랐다.

"억!"

외마디 신음이 흘렀다.

그 신음을 빙자한 비명은 동시다발적으로 울렸다.

팔이며 다리 할 것 없이 모조리 잘려 비산했다. 일부는 무기를 들어 막았지만, 말했듯이 검기는 철조차 베어낸다.

두부 자르듯이 너무나 쉽게 베어내 버린다.

그 결과 막았어도 아무런 소용이 없었다.

순식간에 열 명에 가까운 사망자를 만들어낸 남궁유청이 내리그은 검을 이번에는 반대로 올려쳤다.

스각.

올려친 검끝이 한 병사의 턱부터 정수리까지 그대로 가르고 지나갔다. 비명조차 흘리지 못하고 병사는 무너졌다.

"하아!"

콰가가각!

남궁유청의 옆에서 달리던 백면의 검이 새까만 흑운을 쏟아냈다. 백면의 배화교 비전, 이름조차 알려지지 않은 검결을 풀어낸 것이다.

픽!

퍼버벅!

푸확!

백면의 검결은 역시나 남궁유청과는 달랐다.

남궁유청의 창궁무애검은 아주 깔끔하게 베어낸다면, 백면의 흑운검기는 닿는 즉시 터져 버렸다.

검이건 갑옷이건 부딪치는 그 즉시 화탄처럼 터졌다.

검으로 막아 터지면 그 즉시 비산, 검은 주인을 죽였다. 갑옷에 직격하면 감히 갑옷이라는 기능조차 하지 못하고 횡하니 구멍을 뚫어버렸다.

무지막지한 공격이었다.

크아아아!

거칠게 달리는 와중에도 백면의 입에서 거대한, 내력은 물론 살심이 진득하게 실린 포효가 터졌다.

그것은 심연 그 깊은 곳에서부터 공포라는 감정을 강제로 잡아 부상시켰다.

마치 내가 지옥의 악마다. 그러니 살아 돌아갈 생각은 지금 이 순간부터 아예 꿈도 꾸지 말라는 선전포고와도 같았다.

우드득!

꽈득!

질주하는 전마들이 허둥지둥하는 북원의 병사들을 짓밟았다. 위에 올라탄 주인의 명을 받들어 감히 미물 주제에 인간의 육신을 부숴 버렸다.

퍽!

퍼벅!

지나치는 그 순간, 비천대는 그저 얌전히 지나가지 않았다.

손에 들린 단창, 대검, 대도, 언월도, 대부, 손도끼 등이 근처에 있는 북원병의 신체 곳곳에 처박혔다.

노리는 부위는 절대로 살아남을 수 없는 심장, 그리고 머리였다.

예측할 수 없는 속도에서 떨어지는 그 일격을 북원병들은 막지 못했다. 아니, 애초에 막아도 소용없었다.

막는다고 막히는 그런 일격들이 아니었기 때문이다.

촤라락!

콰가각!

푸른 그물이 하늘을 덮고, 칙칙한 흑운이 땅에서 올라왔다. 그 무시무시한 일격들은 결코 자비를 담지 않고 있었다.

"도망쳐!"

"비켜! 비키라고!"

"막아라! 이쪽으로 오지 못하게 막아!"

가장 마지막에 소리친 자가 백면의 눈에 띄었다.

말총머리, 그리고 중무장.

복장 자체가 다른 병사들과는 확연하게 달랐다. 가면 속 백면의 입가가 빙그레 말려 올라갔다.

저런 자는 보통 대장이다.

이 부대를 이끄는 대장인지, 아니면 소규모 부대를 이끄는 대장인지는 모르지만 적어도 대장이라는 것만큼은 확실했다.

몇 번 말의 고삐를 비스듬히 당겼다.

그러자 그런 행동에 맞춰 백면의 전마가 기수를 슬그머니

돌렸다.

퍽!

"크악!"

앞에 있던 북원병의 가슴팍에 패력이 가득 담긴 일검을 먹이면서 백면의 질주가 이어졌다. 그런 백면의 살벌한 기세에 북원군의 대장도 느꼈는지 백면을 쳐다보고는 순식간에 얼어붙었다.

그 직후 하얗게 질려가는 얼굴로 마구 소리친다.

"막아! 저자를 막아!"

몽골어지만 백면이 못 알아들을 리 없다.

킥!

비릿한 살소가 맺혔다.

퍽!

쫘드득!

미쳐 날뛰면서 내달리는 전마와 그 위의 백면. 단독에다가 돌발행동이지만 백면이라면 충분히 그래도 되는 무력이다.

그 누구도 걱정하지 않는 비천대원이다.

"흐읍!"

백면이 검을 높이 치켜 올렸다.

넓은 면적의 검날 전체에 꾸물꾸물 흑운이 맺히기 시작

한다. 보는 것만으로도 소름이 돋는 지옥의 안개 같은 흑운
이다.

"차아!"

흑운의 색채가 절정에 다다르자 백면이 그대로 검을 내려
쳤다. 그 기세는 세상을, 이 중원 땅을 두 조각 내려는 욕심이
가득 담겨 있다.

콰가가가각!

흑운이 쏘아지는 것치고는 결코 어울리지 않는 소음이다.
지면을 파헤치고 쏘아지면서도 결코 그 색채는 옅어지지 않
았다.

"으, 으아, 으아아아!"

대장의 눈동자에, 그 공포에 젖은 눈동자에 보인 흑운은 아
마 사신의 낫보다 더욱 무서워 보일 것이다.

공포에 질린 동공에 흑운이 가득 찼을 때, 푸카카 하는 소
리가 나더니 그대로 사지육신이 폭탄에 맞은 것처럼 터졌
다.

물론 그 앞에 있던 자들도 예외는 아니었다.

닿으면 터졌는데, 이번에는 터뜨리고도 그대로 전진했
다.

전방 깊숙이 지면을 죄다 긁어버리고 휑한 통로를 만들었
다.

그 통로는 지옥으로 가는 길인가?

자욱이 퍼져 있는 피 안개와 그대로 육신이 터지면서 뿌려진 살점, 뼛조각이 가득하다. 진정 악마가 보여줄 수 있는 광경이었다.

크하핫! 크하하하하하!

이런 잔혹한 짓을 만들어낸 백면은 다시 한차례 광소를 터뜨렸다.

그 모습은 야차였다. 귀신이고 지옥에서 올라온 괴물이었다.

여태 보여주지 않았던 광기를, 그 흉포함을 백면은 있는 그대로 터뜨렸다. 평소의 냉소적인 모습은 온데간데없었다.

물론 모든 것은 무린의 부탁 때문이다.

최대한 적에게 공포를 심어줄 것.

그게 무린의 부탁한 것이기에 백면은 자신이 보여줄 수 있는 광기를, 그 포악한 이면을 그대로 세상에 공개했다.

절제라는 것은 지나가던 개새끼한테나 줘버리고 잔악무도한 숨겨진 본성을 터뜨리고 있었다.

"킥, 크흐흐흐."

새하얗게 뒤집힌, 다시금 새까맣게, 순식간에 반전되어 버리는 눈동자를 사방으로 뿌리면서 백면은 웃었다.

그리고 검을 들어 혓바닥으로 핥았다.

그 후 주변을 스윽.

백면은 눈으로, 기세로 주변에 물었다.

자, 다음은 누구를 죽여줄까?

북원병들은 그런 백면의 눈동자를 외면하고 그저 뒷걸음질 칠 뿐이다.

최대한 백면에서 멀어지려는 안타까운 몸부림.

그러나 그 모든 행동은 백면의 행동을 더욱 자극할 뿐이다.

촤라락!

그런 그들에게 푸른 빛깔을 뿌리는 촘촘한 그물이 덮쳐들었다.

콰가가각!

푸확!

팔이, 다리가, 목이, 심장이 갈라지고, 베어지고, 일말의 자비도 없는 손속이다.

귀신은, 야차는, 괴물은 백면 혼자가 아니었다.

백면의 옆으로 선 창천유검,

그리고 어느새 질주를 멈추고 주변을 돌아보고 있는 비천이조.

전부가 귀신이고 야차였으며 괴물이었다.

                    *   *   *

무린은 밖에서도 느끼고 있었다.

백면과 창천유검, 그리고 비천대가 내뿜는 어마어마한 기세를 말이다.

그건 마치 새까만 어둠과도 같은 패기였다.

그런 기세를 느끼며 무린의 입술이 열렸다.

"이군 공격."

"네!"

무린의 반대쪽에 서 있던 위연광이 대답했다.

차앙!

그가 검을 뽑아 하늘 높이 들었다.

"청연군 공격!"

히히히힝!

두드드드드!

위연광의 질주를 시작으로 이군 청연군의 공격이 시작됐다.

이제 이들은 적이 뚫어준 입구로 들어가 안 그래도 혼란에 빠진 적을 더욱 큰 혼란에 빠뜨릴 것이다.

무린의 눈에 저 멀리 위연광이 막 도망쳐 나오고 있는 무인의 목을 쳐 날리는 게 보였다.

위연광.

비천대에 비하면 사실 그렇게 강자는 아니나, 반대로 한 부대를 이끌기에는 너무나 충분한 무력과 부대 운용 능력을 지니고 있다.

그리고 항상 선두에 서서 군을 이끄는 철혈의 모습을 보여 줬다.

"기세가 나쁘지 않습니다. 생각했던 것보다 피해가 적겠습니다."

관평의 말에 무린은 고개를 끄덕였다.

사실 무린은 걱정했다.

걱정되는 부분은 당연히 청연군이다.

그들은 비천대만큼 강하지 않다. 거기다가 애초에 패잔병을 규합해 만든 부대이다. 물론 전장에서 꽤나 구른 병사들로 이루어졌지만 각 개인은 무력을 보유했다고 말할 만큼도 못되는 상황이다.

그래서 작전 중 피해를 걱정했다.

아무리 무혜의 계략이 완벽해도 피해 없이 전투를 치를 수는 없기 때문이다. 적 일만을 쳐죽이는 대승을 거둬도 아군도 분명 죽는다.

단 한 명도 죽지 않고 승리하려면 애초에 항복을 얻어내는 수밖에 없다.

"다행이군. 피해가 최소화되겠어."

"……."

비천대는 강하다.

얼마나 강하냐는 질문은 필요 없이 그냥 강하다. 원래 정예이던 이들은 선덕제가 하사한 영약으로 한층 더 강해졌다.

그래서 이런 기세가 오를 대로 오른 전투에서는 전사자가 생길 걱정 따위는 안 해도 됐다. 무린이 원하는 건 최소한의 피해다.

"제대로군. 진짜 제대로야."

"군사의 능력이 검증됐군."

태산과 윤복이 저 입구 뒤쪽, 지금 이 순간에도 학살이 벌어지고 있는 곳을 바라보며 중얼거렸다.

그들의 말처럼 무혜는 지금 자신의 존재, 능력을 증명했다.

말만이 아닌, 완벽한 계략으로 적보다 먼저 협곡에 도착했고, 뒤늦게 도착한 북원군까지 협곡에 밀어 넣고 완벽히 찍어

눌렀다.

아귀가 정말 딱딱 들어맞았다.

피식.

무린은 인정했다.

무혜가 정말 한명운 선생의 진전을 이었고, 그 능력이 결코 나쁘지 않음을.

"후우."

그러나 여전히 한숨은 나왔다.

마음이 무겁기 때문이다.

무혜는 이제 사람을 죽였다.

하나둘도 아닌, 수백을 넘어 천 단위가 넘는 사람을 죽였다. 그것은 거대한 무게의 압박으로 되돌아올 것이다.

"후우……."

그걸 무혜가 견딜 수 있을까?

살인의 무게는 생각보다 무겁다.

무거운 정도가 아니라 끈질기게 달라붙어 대상을 괴롭히고 찍어 누른다.

횡휙.

고개를 저어 무린은 그 생각을 털어냈다.

무린이 손을 들었다.

그에 묵광을 번쩍이는 철창이 하늘을 찌를 듯이 겨눠졌다.

"비천대, 돌격."

짧게 명령을 내리는 무린.

그와 동시에 고삐를 잡아채고 말의 옆구리를 쪼였다.

히히히힝!

무린이 탄 전마가 쏜살같이 쏘아져 나갔다.

그 뒤로 곧바로 비천대가 따라붙었다. 청연군이 지나가고 난 자리로 용케 피해 있던 북원군이 모습을 드러냈다.

푸확!

그러나 곧바로 목이 하늘을 날았다.

어느새 질주해 다가온 무린이 창을 휘둘러 목이라 불러야 신체 부위를 수급이라는 물건으로 만들어 버린 것이다.

근데 이상했다.

입구에 도착한 무린이 질주를 멈춘 것이다.

짜기라도 한 것처럼 비천대도 질주를 멈춰 무린의 뒤에 섰다.

"으으, 으으으......!"

입구로 나오던 북원병 하나가 무린과 마주쳤다. 아직 얼굴에 앳된 기가 남아 있는 걸로 보아 스물 전후로 보인다.

"......"

무린은 그런 북원병을 보면서 천천히 앞으로 전진했다. 마치 말을 타고 유람이라도 나온 듯 한가하고 여유가 넘치는 모습이다.

그러나 그 모습이 북원병에게는 결코 그렇게 비추지 않았다.

"악마다. 악마들이야……!"

"으드득! 비천대!"

행동은 두 가지로 나왔다.

하나는 무린을 두려워하며 도망쳤고, 하나는 칼을 들고 덤벼들었다.

"으아아!"

마치 비명과도 같은 기합을 내지르며 칼로 무린의 정수리를 내리찍는다.

퍽!

"칵!"

한데 대체 언제 휘두른 건지 눈에 보이지도 않을 속도로 휘둘러진 철창이 옆구리를 제대로 후려쳐 버린다.

그에 아예 훨훨 날려가 벽에 처박히더니 전우의 머리 위로 떨어진다.

무혜가 무린에게 원한 것이 있었다.

'오라버니께서는 군이 전투에 임하지 않으셔도 됩니다. 대신 압도적인 기세와 위엄을 보여주세요. 그러면 적은 마지막 희망까

지 전부 놓게 될 거예요. 그리고 포로는 없습니다.'

무엇을 원하는지 무린은 잘 알았다.

'오냐. 네 말대로 철저히 따라주마.'

이미 적의 기세는 꺾일 대로 꺾였다. 아니, 아예 땅에 처박혔다. 스윽.

무린이 훑어보니 동공 가득 공포에 질려 무린에게서, 비천대에게 조금이라도 멀리 떨어지려고 하는 북원군의 모습이 보인다.

무혜가 원한 것이 이것이다.

적의 전의를 완벽히 말살시키는 것.

그래서 아군의 피해를 최소화하는 것.

"……."

무린은 여전히 침묵을 고수하고, 얼굴에도 감정을 완전히 배제한 채 천천히 전진했다. 무린의 옆으로 비천대가 도열하듯이 섰다.

그리고 천천히 앞으로 전진했다.

전투는 사실상 이미 끝났다.

남은 건 학살.

목을 거두는 일.

한 시진 하고 반 시진을 더 쓰고 나서야 전장을 정리한 비천대가 협곡을 빠져나왔다. 그리고 곧바로 남하, 돈화로 복귀했다.

교하의 협곡 전투.

이곳에서 살아 돌아간 북원군은 채 이백이 되지 못했다.

第百一章

거점(據點)

귀환병사

한밤중에 비명이 울렸다.

"꺄악!"

목소리의 주인공은 무혜였다. 그녀는 자다 말고 비명을 지르며 벌떡 일어났고, 온몸으로 식은땀을 줄줄 흐른다.

무시무시한 악몽이었다.

거기다가 너무나 생생했다. 온몸에 돋은 소름이 그걸 증명했다. 수없이 많은 원혼이 자신에게 달라붙는 꿈.

원망, 증오, 저주, 그 모든 음한 기운을 뿜으며 마치 아귀처럼 자신에게 달라붙었다. 아무리 발버둥치고 떼어내도 끝까지 달라붙어 마치 끈적끈적하고 기분 나쁜 늪으로 자신을 끌고 들어가려 했다.

다시는 꾸기 싫은 꿈이고, 앞으로도 절대 기억하기 싫은 꿈이었다.

무혜는 양팔로 자신을 감싸고 몸을 웅크렸다.

"언니……."

무혜의 비명에 덩달아 잠에서 깬 무월이 무혜의 곁으로 다가와 걱정스런 음색으로 불렀다. 그러나 무혜는 부들부들 떨기만 할 뿐 동생 무월의 목소리에 대답하지 않았다.

"무슨 일이에요?"

문이 벌컥 열리고, 편안한 옷차림의 려가 들어왔다. 옆방에 있다가 무혜의 비명 소리에 깬 것이다.

그런 그녀의 뒤에는 단문영도 있었다.

그런 둘의 눈에 침묵하며 고개를 무릎 사이에 파묻고 덜덜 떨고 있는 무혜의 모습이 들어왔다.

"음……."

그에 려와 단문영은 무혜가 왜 저러는지 즉시 알아차렸다. 생명의 무게, 그 피할 수 없는 후폭풍이 무혜를 덮친 것이다.

려와 단문영은 무가의 여인이다.

그러다 보니 사람을 죽이게 되면 겪게 되는 그 심리적 현상에 대해 누구보다 자세히 알고 있었다.

단문영은 얼마 전에 직접 자신이 겪기까지 했다.

"후우! 언니, 괜찮아요?"

려가 가까이 다가와 뒤에서 무혜를 살짝 안았다. 안은 팔과 가슴으로 무혜의 떨림이 고스란히 느껴지자 려는 아예 그 떨림을 멈추게 할 생각으로 더욱 꼭 끌어안았다.

"언니, 언니……."

무월이 안타깝게 무혜를 불렀다.

그러나 조금도 반응하지 않고 무혜는 그 자세 그대로 떨고 있다.

이런 무혜의 반응은 당연한 거쳐야 하는 수순이었다.

군사의 자리.

그 자리는 이러한 업보를 모조리 안고 가야 하는 자리다. 무겁다. 너무나 무거워 마치 천근의 추로 찍어 누르는 감당 안 되는 압박을 느꼈을 것이다.

비천대는 출전했다.

무혜가 짠 작전에 수렴해서 출전했다.

작전이 실패했건 성공했건 지금쯤은 분명히 결과가 나왔을 것이다. 즉, 전투는 분명히 있었다는 의미다.

그렇다면 희생자도 생겼을 것이다. 분명히 아군이건 적군이건 사망자도 나왔을 것이다.

아군의 희생이 많다면 그건 무혜의 잘못, 적군의 희생이 많다면 이 또한 무혜의 책임이다. 그녀의 작전으로 무조건 누군 가는, 어느 쪽이든 죽었다는 소리다.

"혜 아가씨, 잘됐을 거예요."

단문영이 무혜의 옆자리에 슬쩍 엉덩이를 걸치며 부드러 운 목소리로 말했다. 크나큰 부담을 느끼고 있으니 그걸 풀어 주기 위해서다.

"후우……."

무혜가 깊은 한숨과 함께 고개를 들었다.

아직도 목소리에는 힘이 없고 입술도 질끈 깨물고 있어 정 상이 아닌 모습이지만 눈동자만큼은 달랐다.

물러서지 않는 자의 신념이 느껴진다.

잠깐 동안 의지를 회복한 것이다.

"됐어요, 려 아가씨. 이제 그만 놔주세요."

"정말 괜찮아요?"

무혜의 말에 려가 걱정스럽게 물었다. 그러자 무혜는 고개 를 끄덕임으로써 이제는 괜찮다는 의사 표현을 분명히 했다.

"네, 놔주세요."

"……."

사르르.

옷깃이 스치는 소리와 함께 려의 팔이 무혜의 몸에서 떨어 져 나갔다. 맞닿아 있던 등과 가슴도 떨어졌다.

온기가 사라지자 무혜는 곧바로 한기가 들었지만 보이지
않게 이빨을 꽉 깨물어 버티는 무혜였다.

"미안해요. 추한 모습을 보였네요."

"아니야. 언니. 정말 괜찮아?"

무월이 역시나 걱정스러운 음색으로 다시 물었다. 정말 한
번도 보여주지 않던 무혜의 모습에 무월은 적잖은 정도가 아
니라 정말 많이 당황했다.

그래서 괜찮다는 말에도 안심이 되질 않았다.

"응, 괜찮아. 미안해, 월아."

"아니야. 아니야……. 흑!"

결국 무월이 눈물을 터뜨렸다.

무혜는 그런 무월을 가만히 당겨 안았다. 졸지에 반대가 되
어버린 상황. 아닌 밤중에 이 무슨 상황인지 모르겠지만 밤은
원래 이런 시간이었다.

"괜찮아. 울지 마. 언니 정말 괜찮으니까."

"응, 응……."

무월의 눈물은 금방 멈췄다.

평생 의지하던 혜의 말은 무월에겐 법이나 마찬가지였다.
그러니 울지 말란 그 말에 바로 눈물을 그친 것이다.

무월이 눈물을 그치자 무혜가 단문영과 려에게 말했다.

"두 분에게도 정말 미안해요. 이제 괜찮으니 가서 쉬셔도

될 것 같아요."

"그렇게 할게요. 쉬세요, 그럼."

단문영이 먼저 일어났다.

그녀가 빠른 걸음으로 방을 나가자, 려도 자리에서 일어났다.

"너무 무리하지 마세요."

"그럴게요."

려도 나갔다.

그러나 무월은 무혜의 품에서 나올 생각을 하지 않았다. 그에 한숨을 잠깐 쉰 혜는 그대로 무월과 한 침상에 누웠다.

많이 여린 아이다.

사랑하는 연인을 보내고 나서 마음고생을 많이 한 아이다.

다 큰 애를 챙기는 것 같은 느낌이지만, 무혜는 자신의 잘못도 있고 해서 오늘 하루는 봐주기로 했다.

어느새 무월은 쌔근거리며 잠에 빠져들었다. 무혜의 품으로 파고들어 그녀의 몸을 끌어안고 불안한 얼굴로 잠이 들었다.

무혜는 그런 동생의 얼굴이 쓰다듬다가 마찬가지로 잠에 빠져들었다. 다행히도 이번에는 악몽을 꾸지 않았다.

*　　　*　　　*

새벽녘, 언제나와 마찬가지로 진시 초에 일어난 무혜는 아직도 자신을 끌어안고 잠들어 있는 무월의 손을 풀고 침상에서 일어났다.

미로 같은 길을 지나 입구의 계단을 걸어 나오니 차가운 새벽 공기가 그녀를 반겼다. 동시에 인사도 같이 들렸다.

"깨셨어요?"

그 인사에 자연스럽게 시선이 돌아갔다.

이국적인 피부색과 눈동자를 가진 여인, 그에 더해 어딘지 신기한 분위기를 가진 여인, 단문영이다.

"잘 무셨는지요."

"네, 조금 습하긴 했지만 잘 잤답니다."

"……."

무혜는 그런 단문영의 대답에 희미한 미소만 머금어 대답했다. 하지만 사실은 마땅히 대답할 거리가 없어서였다.

무혜가 단문영의 존재를 알아차린 건 당연히 북풍상단의 소식을 통해서였다. 이국의 여인이 비천대의 합류했다는 소식을 접했고, 대수롭게 생각하지는 않았다.

그리고 실제로 만나게 된 건 무혜 본인이 비천대에 합류한 용정에서였다. 그전에 만났을 때는 비천대의 틈에 있어 그녀를 못 본 것이다.

처음 그녀를 봤을 때 무혜가 느낀 것은 고개를 갸웃거리게 만드는 그녀의 분위기였다.

뭐랄까. 여인의 감이라고 해야 할까?

그러한 감이 단문영의 존재가 마냥 편안하게 다가오지는 않았다. 단순히 남자들의 틈바구니에 껴 있는, 오라버니의 바로 곁에 붙어 있는 단문영의 존재가 거슬려서가 아니다.

무혜는 남보다 직감이 좋았다.

사실 직감으로 따지자면 무린보다도 좋을 것이다.

그녀의 그런 직감은 선천적인 직감이었다.

그런 그녀의 감이 말하고 있었다.

뭔가 이상하다고.

보통 사람과 사람이 처음 만나면 평가를 하게 된다. 괜찮은 사람인지, 아니면 거리를 두어야 하는 사람인지.

무혜는 그게 분명한 사람이었다.

그녀의 간극을 넘어서는 사람과 아예 문턱도 밟지 못하고 배제되는 사람. 이렇게 딱 두 부류가 있을 뿐이다.

근데 단문영은 그 어디에도 걸치는 느낌이 없었다.

무시해야 할지, 어느 정도는 얘기를 트고 지낼지 그 어느 것도 명확히 다가오는 게 없다는 뜻이다.

무혜는 그 때문에 이상했다.

"이제 새벽 공기도 싸늘하네요."

단문영이 그렇게 말하며 무혜의 옆으로 섰다. 자연스러운 동작, 그리고 말투이다. 무혜는 무시하지 않았다.

"그래요. 슬슬 따뜻한 옷을 준비해야겠어요."

군사는 많은 것을 준비해야 한다.

보통 군대처럼 따로 병참을 맡아주는 전문가들이 없으니 이 모든 것은 무혜 혼자서 해야 했다.

사실 무혜가 나서지 않아도 비천대가 알아서 준비하겠지만 무혜는 비천대가 그런 것까지 신경 쓰게 하기 싫었다.

비천대는 전투만 맡는다.

이동, 그리고 전투.

이것만 집중하게 만들 생각이다.

다른 건 오직 자신이 준비해야 한다는 생각을 무혜는 하고 있었다. 너무 많은 것을 혼자 책임지는 게 아닌가 하겠지만 이것은 역할 분담으로 따져도 무혜의 일이 맞았다.

각기 병과가 있는 것이다.

비천대는 몇몇 인원을 빼면 오직 전투에 특화된 이들이 전부다. 심지어 무혜는 오라버니인 무린조차 보급이나 작전, 참모 쪽보다는 전투에 적합하다고 생각했다.

군사는 병사를 장기 말로 다뤄야 한다.

이 장기 말을 적재적소에 투입해야 당연히 극대화된 힘이 나올 것이다. 그리고 말마다 특성이 있다.

진짜 장기로 예를 들자면, 졸이 한 칸 전진, 좌우 전진밖에 못하는 것에 비유할 수 있었다.

비천대를 장기 말로 비유하면 차, 포, 마, 상의 역할을 다 하긴 한다.

하지만 절대로 졸의 역할은 하지 못한다.

할 수는 있어도 어울리지 않는다.

그런 의미다.

"어디서 보급할 생각인가요?"

"무송이요."

"아, 그렇군요."

대화가 뚝 끊겼다.

하지만 상관은 없었다.

'돈화는 이미 마을의 기능을 상실했어. 이곳에서는 못 구할 거야. 그나마 무송은 오라버니가 일찍 탈환해서 어느 정도 복구는 됐을 거야.'

무혜의 생각은 맞았다.

길림의 상황은 처참하다.

전쟁의 불꽃, 그중 약탈이라는 이름을 가진 불꽃이 전역을 휩쓸고 지나갔다. 이는 큰 현일수록 더욱더 크게 번지고 지나 갔다.

무혜가 발 딛고 있는 이곳은 돈화가 아니었다.

돈화에서 뱃길로 하루 정도 떨어진 거리에 있는 강기슭이다. 인위적으로 만들어졌고, 길림의 수로연맹에서 동맹의 대가로 빌려준 곳이다.

그리고 현재 돈화는 완전히 그 기능을 상실했다.

제대로 형체를 유지하고 있는 가옥이 단 한 채도 없다는 것, 그것이 증명했다. 아예 기둥뿌리까지 뽑아 싹 쓸어가 버린 것이다.

당연히 군수품을 만들기 위해서였다.

목재는 전쟁에 필요한 필수 품목이었으니 말이다.

그런 돈화에서 무언가를 구할 수 있을 리가 없다. 반대로 무송은 소규모 부대가 약탈했고, 그나마도 빨리 탈환됐기에 일부의 마을 사람들이 도망쳤다가 다시 되돌아와 생활하고 있다.

이는 실제로 무혜가 갈충과 북풍상단에게 요구한 길림의 정세와 현재 마을 상황에 대한 보고에도 적혀 있었다.

"비천대가 돌아오면 바로 떠날 건가요?"

"그래야죠. 이쪽의 거점은 수로연맹에서 만들어줬으니 하루빨리 통화로 가야 해요."

"갈 때도 수로를 이용할 생각인가요?"

"네."

당연히 수로를 이용할 생각이다.

빨리 가려면 당연히 말을 타고 가는 게 빨랐다. 하지만 그렇게 가면 흔적이 남게 된다. 무슨 흔적일까.

당연히 말발굽이다.

그걸 지우는 건 현실적으로 불가능하다. 한두 기도 아니고 무려 이백에 가깝기 때문이다. 하지만 수로를 이용하면? 아무런 흔적도 남지 않았다.

장강에 배 한번 뜬다고 흔적이 남는 걸 봤는가?

절대로 남지 않는다.

강물이 꽁꽁 얼어붙지 않는 이상 말이다.

"저는 동생을 깨우러 들어가 볼게요."

"네, 그러세요."

무혜는 그렇게 인사를 하고 다시 거점 안으로 들어갔다. 들어가는 도중 려와 마주쳐 가볍게 인사를 하고 토굴 안으로 들어가 동생을 깨웠다.

아침에 유독 약한 무월.

더군다나 화로에 불을 붙이기는 했지만 여전히 습했기에 무월은 쉽게 일어나지 못했다. 무혜는 그런 동생의 등을 툭툭 쳤다.

그리고 조용히 말했다.

"일어나렴."

"응……."

유령처럼 스르르 일어나는 무월.

역시 무혜의 말은 무월에게는 법, 절대적인 언령과도 같았다. 무월을 깨운 무혜는 방 중앙에 있는 탁자의 초에 불을 붙였다.

일렁이는 불꽃이 토굴을 더욱 환하게 밝혔다.

그리고 품에서 다시 종이를 한 가득 꺼내 펼쳐놓았다. 그녀는 군사. 먹고 자는 시간을 뺀 나머지는 온통 작전을 수립해야 하는 위치에 있다.

금세 생각에 잠기는 무혜.

정신을 차리려 씻으러 나가는 무월.

그렇게 진 씨 자매의 하루는 다시 시작됐다.

*　　　*　　　*

무혜와 마주치며 밖으로 나온 려.

"편히 주무셨어요."

"네. 려 소저는요?"

"저도 잘 잤답니다."

려의 인사에 단문영은 가벼운 미소로 대답했다. 그리고 잘 잤는지 물었다. 려에게서 나온 대답은 단문영의 대답과 비슷했다.

"좀 춥기는 했지만요."

려는 조용히 뒷말을 붙이며 웃었다.

그에 단문영도 웃었다.

그리고 파란 눈동자로 려의 눈동자를 바라봤다. 무월처럼 화려하게 핀 꽃은 아니다. 하지만 단아한 생김새와 말투, 분위기가 참으로 잘 어울렸다. 전쟁통만 아니라면 아마 지금쯤이면 산동제일미라 불렸을 것이라 생각했다. 그리고 여기저기서 매파가 수없이 날아들었을 것이다.

그런 려를 단문영은 사실 잘 알고 있었다.

어떻게?

무린을 통해서이다.

비익공, 지금은 혼심이라는 불가해의 무공으로, 단문영의 개인적인 원한으로 서로 이어진 단문영과 무린이다.

예전에도 밝힌 듯이 단문영은 무린과 일정한 거리를 유지하면 자신의 목숨을 토대로 이어진 무린의 마음을 읽을 수 있었다.

'무린 소협을 연모하는 여인.'

단문영이 려에게 내린 정의이다.

이미 수차례 영혼을 통해 제갈려가 무린에게 자신의 마음을 고백하는 걸 들어온 단문영이다.

그러니 그런 정의를 내릴 수밖에 없었다.

'정말 사랑하나 보네. 이렇게 전장까지 따라온 것을 보면. 하긴, 문야의 손녀이니… 그 마음가짐부터 다르겠지.'

단문영은 려에게 사실 놀랐다.

그녀가 무린을 연모하는 건 알고 있었지만 설마 이곳, 위험하디 위험한 전장까지 찾아올 줄은 꿈에도 몰랐다.

만약 려가 무공을 익혔다면 이해할 수는 있을 것이다. 그러나 려는 학문을 배웠지 무공을 배우지는 않았다.

고되고 위험한 이곳을 자신이 연모하는 사람과 함께하겠다고 찾아왔다. 보통의 마음가짐으로는 어림도 없는 일이다.

"공기가 차네요."

"후후, 그러게요."

무혜에게 했던 말을 려가 이번엔 단문영에게 했다. 그에 살짝 웃고 마는 단문영이다. 그녀는 느낄 수 있었다.

같이 서 있지만 사실 서로 할 말이 없다는 것을.

사실 할 말이 있는 게 웃긴 일이다.

만난 지 얼마 되지도 않았고, 려의 입장에서 단문영은 충분히 껄끄러운 존재이기 때문이다. 왜 껄끄러운가.

바로 자신이 가슴에 품은 남자의 곁에 있는 여자이기 때문이다.

얼핏 보면 별것 아닌 것 같지만, 실제로 보면 이건 결코 별것 아닌 게 아니다. 이건 엄청 큰일이었다.

내가 연정을 품은 남자를 도와주는 아름다운 여인.

좋게 말하면 그렇고,

나쁘게 말하면 사랑하는 임에게 찰싹 달라붙은 여우라고 말할 수 있었다.

하지만 려는 팽가의 어떤 여인과는 달리 차분한 여인이었다. 이 정도로는 결코 흔들리지 않았다.

또한 무린이 어떤 말도 하지 않았기에 스스로 섣부른 판단도 하지 않았고, 어떤 것도 먼저 알아내려 하지 않았다.

려는 단지 단문영을 무린을 도와주는 여인이라고 생각했다.

'차분하네. 내가 분명 거슬릴 텐데.'

아무 말 없이 둘은 눈앞으로 흘러가는 강물에 시선을 두고 있었다. 아마 려의 머릿속은 분명 좋지 못할 것이다.

단문영과 둘이 있으니 이런저런 상상이 들기 시작했을 것이다. 그것은 막기 쉽지 않은 상상일 것이다.

물론 단문영의 생각일 뿐이다.

무린과는 다르게 려의 마음은 읽지 못하니 실제로 그녀가 어떤 생각을 하고 있는지는 알 수가 없었다.

꼿꼿한 시선으로 여전히 강물에 시선을 주고 있는 려를 힐끔 본 단문영은 속으로 희미한 미소를 지으며 생각했다.

'잘 어울리네.'

그런 려가, 이렇게 차분하고 흔들리지 않는 심지를 지녔으며 당연히 지혜로울 려가 무린의 곁에 서 있는 걸 상상하자 드는 생각이다.

더불어 그런 두 사람이 부러웠다.

하지만 이내 살짝 고개를 저어 생각을 흐르는 강물에 던져 흘려보냈다. 그런 일련의 생각과 행동이 끝나자 려의 목소리가 들렸다.

"무사히 돌아오겠죠?"

"그럴 거예요."

"……."

연인을 위한 걱정.

순식간에 려의 얼굴에 걱정이란 감정이 스며들었다. 그런 려의 얼굴은 본 단문영은 저도 모르게 안심의 말을 꺼냈다.

"그들은 강해요. 걱정 말아요. 분명히 무사히 돌아올 테니까요."

"네… 고마워요."

려가 살짝 웃으며 아직도 근심이 가시지 않은 얼굴로 단문영에게 감사의 인사를 했다. 그에 단문영은 그저 웃음으로 받았다.

이후 대화는 또다시 단절됐다.

말없이 강을 바라보는 둘의 앞으로 순간 검은 그림자가 뚝 떨어져 내렸다. 단문영은 알고 있었기에 놀라지 않았지만, 려는 살짝 놀랐는지 뒤로 한 발자국 물러났다. 그러나 가슴에 제갈이라고 쓰인 글자를 보고는 안도의 숨을 내쉬었다.

"아가씨, 접근하는 사람들이 있습니다. 들어가시죠."

제갈세가의 수호대 제영일대 일조장의 말에 려는 고개를 끄덕였다. 일반 백성이라도 들켜서는 결코 좋지 않으니 말이다.

"네, 알겠어요. 단 소저, 들어가요."

"그래요."

둘은 곧바로 토굴 안으로 들어갔다.

그녀들이 들어가자 제영은 곧바로 뒷정리를 했다. 반각도 되지 않아 이곳에 사람이 있었다는 흔적은 물론 토굴이 있을 법한 흔적 자체가 깨끗이 사라졌다.

몇 번 더 확인을 하고 난 제영이 다시 스르륵 사라졌다.

휘이잉.

강가에 불어온 바람은 누구를 찾아왔는지 근처에서 몇 번을 맴돌더니 이내 다시 횅하니 사라졌다.

* * *

무린은 뱃머리에 있었다.

바람을 타고 빠르게 밑으로 내려가는 여섯 척의 배 중 가장 앞에 타고 있던 무린은 무혜의 능력에 다시 한 번 감탄했다.

지금까지는 전투를 치른 후 그 피로를 풀 생각도 하지 못하고 바로 도망쳤다. 즉, 육체적인 피로와 정신적인 피로가 계속해서 유지됐다는 소리다.

그건 비천대의 전력 저하로 이어졌다.

물론 그래서 비천대는 절대로 무리하게 움직이지 않았다. 하지만 지금은 아니었다. 전투가 끝난 직후 무혜가 말한 곳에 가보니 과연 그녀의 말처럼 수로연맹에서 보낸 여섯 척의 배가 보였다.

가볍게 통성명을 한 후 전부 배에 올라타자 자신을 강위라고 밝힌 자가 나오더니 곧바로 출발시켰다.

그리고 현재 배에서 이틀째. 이미 돈화를 지나 다시 서쪽의 갈래로 들어선 무린이다.

"속은 괜찮나?"

"……."

새까맣게 그을린 피부, 덥수룩한 수염, 거친 갈기 같은 머리는 그냥 질끈 묶고 있다. 그리고 대부(大斧). 강위가 다가오더니 물었다.

"괜찮소."

"하하! 처음 배에 타면 속이 뒤집히는 사람이 많은데 형장은 예원가 보군."

오십 줄에 다가선 나이 때문인지 그는 무린에게 편하게 말했다. 무린도 편하게 받았다. 자신에게 도움을 주는 존재인 이들에게 괜한 걸로 트집 잡을 이유는 없었다.

"이제 곧 도착이네."

"……."

무린은 대답 대신 고개만 끄덕였다.

무린은 가만히 강물을 바라보다가 다시 강위를 봤다. 수로연맹이라고 해서 처음에는 산적 같은 부류로 생각했다.

강에서 길을 막고 통행료를 요구하는 도적과 다를 게 없다고 생각한 것이다.

실제로 수로연맹을 모르는 사람들은 그들을 수적이라고 생각한다. 하지만 실제로 수로연맹은 표국에 가까웠다.

웬만한 상단은 모두 수로로 물건을 운송하기 전, 자신들과 익히 알고 지내는 수로연맹에게 서신을 보낸다.

계약이다.

그러면 출발 직전 수로연맹의 배가 도착한다. 도착한 그들은 악질적인 수적으로부터 보호해 주고 적당한 보호비를 받는다.

이러니 표국과 다를 게 없다.

'하긴, 지금이 어느 시댄데…….'

무린은 자신이 고정관념에 사로잡혀 수로연맹을 생각했단 것을 인정했다. 만약 약탈만 했다면 결코 수로연맹이라는 간판을 내걸고 있지 못할 것이다. 각 성의 정도 문파들이 벌떼처럼 일어나 칼을 날렸을 것이다. 아니면 황제의 분노를 받고 십만 대군의 공격을 받았던가. 힘으로 약탈하던 시대는 이미 예전에 끝났다.

눈앞의 강위만 하더라도 나쁜 느낌은 전혀 없었다.

무린이 보기에 강위는 전형적인 텁석부리 호한(好漢)이다. 외형만 산적이지 속은 의협심으로 가득 찬 사내인 것이다.

동료들이 당한 복수를 위해 비천대와 한시적 동맹을 맺은 길림수로연맹. 이것만 봐도 명백했다.

'북원이 벌집을 건드렸군.'

무린은 속으로 피식 웃었다.

무분별한 약탈은 결국 까다롭기 그지없는 벌집을 치고 말았다. 지금 현재도 북원은 아무런 자각도 없겠지만, 이는 북원에게 상당히 짜증나게 작용할 것이다.

길림성 전체에 퍼진 수로는 상당하다.

강소나 절강, 안휘처럼 강줄기가 거미줄처럼 얽혀 있는 건 아니지만 이 정도만 해도 잡기 매우 까다로울 것이다.

아무리 흔적을 찾으려고 해도 중간에 배에서 내려 훌쩍 떠나 버리면 그만이기 때문이다. 또한 수로연맹 초기의 주 수입

원이 도적질이었기 때문에 길림성 곳곳에 셀 수도 없을 만큼 많은 비밀 거점을 만들어놓았다.

이건 한두 개가 아닌, 몇 십, 몇 백 년에 걸쳐 만들어진 것이기에 그 수는 정말 엄청나게 많았다.

육지에도 있고 강가에도 있고 폭 넓은 줄기의 작은 섬에도 존재했다. 수로연맹은 이런 비밀 거점 몇 개를 비천대에 제공했다.

현재 무혜가 있는 곳이 첫 번째요, 통화로 가는 뱃길 중간에 하나, 통화에 하나, 매하구 근처에 두 개이다.

무린은 이런 비밀 거점이 얼마나 많은 도움이 될지 잘 알고 있다. 이 비밀 거점들은 활용만 잘 하면 앞으로 비천대의 행보에 어마어마한 도움이 될 것이다.

"도착했다."

강위의 짧은 말에 무린은 상념에서 깼다.

그리고 뒤에 서 있는 관평에게 시선을 줬다. 그러자 관평은 곧바로 알았다는 듯 고개를 끄덕이고는 등을 돌려 한쪽에서 쉬고 있는 비천대에게 다가갔다.

하선 준비다.

배가 강가에 닿자마자 무린은 난간에 발을 슬쩍 걸쳤다. 그 직후 몸을 날려 새처럼 날았다. 뒤에서 휘유 하는 휘파람 소리가 들렸다. 그 소린 깔끔하게 무시한 무린은 강가에 착지,

주변을 두리번거렸다.

아무리 살펴봐도 인위적인 흔적이 없었다.

이곳이라고 했으니 분명 여기에 비밀 거점이 있을 것이다. 그리고 무혜와 월, 려와 단문영도 있을 것이다.

그런데 흔적이 없었다.

턱.

"찾기 쉽지 않을 거야. 이곳은 공을 들인 곳 중 하나이니 말이야. 하하."

"확실히 찾기 쉽지는 않겠소."

어느새 같이 몸을 날려 무린의 옆에 착지한 강위가 웃음을 지으며 말했다.

그에 무린은 고개를 끄덕였다.

그의 말처럼 척후병 기간이 짧지 않은 무린인데도 거점이 있을 만한 흔적을 찾을 수가 없었다.

"하하하, 이곳일세."

한쪽으로 걸어간 강위가 주먹보다 조금 더 큰 돌덩이를 발로 힘껏 콱 밟았다. 그러자 그그긍 소리가 들리더니 그 앞의 지면이 열렸다.

"허어."

그에 무린은 탄성을 흘렸다.

기관이다.

잠시 후 상당히 넓은 입구가 나왔다. 들어가는 입구는 계단으로 되어 있었는데, 그 폭이 넓어 전마도 충분히 주의만 하면 끌고 들어갈 수 있을 것 같았다. 물론 어둠에 대한 본능적인 공포로 조금 반항하긴 하겠지만 말했다시피 마예가 끌고 온 전마는 전부 상당한 훈련을 받은 우수한 전마들이다.

물도 무서워하지 않을 말이란 소리다.

어둠이라고 문제될 것은 없었다.

발을 내디뎌 계단을 내려갔다.

계단을 내려가자 처음으로 무린을 반긴 것은 횃불로 인해 그리 어둡지 않은 넓은 공동이었다.

"흠, 여기에 전마를 쉬게 하면 되겠군."

가장 먼저 뒤따라온 마예의 목소리가 뒤에서 들렸다. 무린도 고개를 끄덕였다. 이 정도 넓이면 충분히 전마를 돌볼 수 있는 공간이다.

뒷정리가 필요하겠지만 그거야 크게 신경 쓸 일이 아니었다. 이미 익숙한 일이기 때문이다.

"하지만 만약 발각당한다면 비천대의 이점을 살리기 쉽지 않겠어."

마예가 또다시 말했다.

무린은 그 말에도 동의했다.

말했다시피 비천대의 힘은 전마의 가속도를 최대한 끌어

올린 어마어마한 파괴, 그리고 관통력이다.

즉, 가속도가 붙을 거리가 필요하다는 소리다. 하지만 이곳에서는 절대로 불가능하다.

"모든 게 완벽할 수는 없지. 하루 쉬어가는 곳이라 생각하면 이곳은 절대 나쁘지 않아 보이네만."

공동을 쭈욱 둘러본 남궁유청의 말 역시 맞는 말이다. 무린은, 아니, 무혜는 이곳을 전투에 쓰려고 하는 게 아니다.

어디까지나 비밀 거점이 필요하다고 한 이유는 비천대의 이동 간에 생기는 피로 문제 때문이다.

즉, 전투라는 상황은 배제하고 살펴보는 게 맞다.

"남궁 노사님의 말씀이 맞다. 전투를 위한 거점은 아니지. 그랬다면 아예 산해관 같은 요새를 만들었어야지. 킬킬."

갈충도 남궁유청의 말에 동의했고, 많은 비천대 조장들이 동의했다.

그때 공동의 한 굴에서 인기척이 들렸다.

모두의 시선이 그곳으로 이동, 나오는 사람들에게 집중됐다.

당연히 무혜와 무월, 그리고 려와 단문영이다.

"오셨습니까."

"그래."

가까이 다가온 무혜의 말에 무린은 가볍게 고개만 끄덕여 대답했다. 그리고 동생의 얼굴을 찬찬히 훑어봤다.

그러자 즉시 보인다.

"마음고생이 심했나 보구나."

"……."

그 말에 찰나지간 무혜의 눈동자가 흔들렸다. 걱정 어린 그 말이 방심하고 있던 무혜의 마음을 삽시간에 흔든 것이다. 그러나 그건 잠시였다. 무린이 불쑥 말한 것처럼 무혜의 마음도 순식간에 안정을 찾았다.

그것은 눈빛에 그대로 나타났다.

금세 올곧고 냉정하게 돌아간 눈빛.

"괜찮습니다."

"……."

무혜의 대답에 무린은 무혜를 다시 바라봤다. 괜찮다고 말한 것처럼 어느새 무혜의 눈동자는 정상으로 돌아와 있었다.

수척한 모습이야 변함이 없지만, 눈빛만큼은 군사 진무혜의 눈빛이다.

"고생했다."

무린의 고생했다는 말에 무혜는 가볍게 고개를 끄덕여 받고는 다시 입을 열었다. 그녀에게는 너무나 중요한 질문이다.

"작전은 어떻게 됐는지요?"

"완벽했다."

"⋯⋯."

"후우⋯⋯."

가슴에 살며시 손을 올리고 눈을 감은 무혜의 입술을 비집고 안도의 한숨이 흘러나온다.

졸이던 마음이 일시에 풀려 나온 행동이다.

그녀의 작전은 무린의 말처럼 완벽했다. 거짓 전략을 퍼뜨려 길림성에 주둔한 북원 수뇌부의 판단력을 흔들었다. 그 후 교하로 바람처럼 달려간 비천대가 청연군과 합류, 그들에게 말을 맡기고 도보로 협곡에 도착, 직후 막야가 만들고 무혜가 미리 길림으로 보낸 물건을 받아 협곡의 입구와 출구의 절벽에 박아 넣고 그 지뢰주변을 무력이 뛰어난 조장들이 직접 내력으로 들쑤셔 놓았다. 폭파시 그 효과를 극대화하기 위함이다.

모든 작업은 반나절 만에 끝났고, 그 후 땅을 파고 은신.

비천대가 은신하고, 엉뚱한 곳으로 달려갔다가 급히 되돌아와 협곡에 도착한 북원군은 선발대를 절벽을 통해 올려 보냈다.

하지만 피로에 젖어 있었기에 수색은 정교하지 못했다. 이것조차 무혜의 판단 속에 들어 있었다. 그래서 매복이라는 작전이 수렴된 것이다.

애초에 길림에 주둔 중인 북원군이 그렇게 뛰어나지 못하다는 것을 가정 하에 두고 계획된 작전이었다.

직후 선발대의 안전하다는 신호를 받고 북원군이 협곡으로 진입, 진입이 어느 정도 이루어진 순간 비천대가 매복을 풀고 나와 선발대를 암살, 이후 협곡이 터졌다.

입구는 두껍게, 출구는 얇게.

뒤쪽의 출구로는 절대로 빠져나가지 못하게 바위벽에 나무와 기름을 던지고 불을 붙여 버렸다. 이렇게 되자 그 벽을 넘어 도망칠 생각도 못하고 당연히 그들이 나갈 수 있는 길은 입구의 얇은 벽뿐이었다.

군에 숨어 있던 북원의 무인들이 결국 입구를 뚫었다. 스스로 지옥문을 연 것이다. 이 또한 무혜의 머릿속에 있었다.

무경십서.

한명운의 저서에 북원군은 반드시 일반 군병 무리에 무인들을 숨겨놓는다고 했기 때문이다. 스스로 활짝 연 지옥문으로 비천대가 들어섰다.

이후 궤멸.

천이 넘는 북원군은 모조리 협곡 안에서 죽었다.

물론 비천대의 피해도 있었다.

전사자 넷, 부상자 열둘.

청연군의 피해도 있었다.

전사자 쉰하고 둘.

부상자 마흔하나.

전쟁은 결코 피해 없이 치를 수 없다는 만고불변의 진리 아래 생긴 사망자와 부상자이다. 슬프지만 슬퍼할 수는 없었다.

이제 그러지 않기로 했으니까 말이다.

어쨌든 전부 완벽했다.

무혜의 작전은 너무나 아귀가 딱딱 들어맞아 어느 한 곳을 꼬집어 문제를 제기할 수가 없었다.

비천대로만 따졌을 때 천이 넘는 수를 모조리 압살하고도 피해는 겨우 열여섯이다. 이건 어마어마한 대승이다.

이런 작전을 생각해 낸 게 바로 무혜.

예전 북방전선의 불패군사(不牌軍師), 중원에서는 문성(文星)이라 불리던 한명운 선생의 숨겨진 전인 진무혜인 것이다.

"청연군은요?

"그쪽의 피해도 크지 않다. 그리고 내 말대로 지금 화전으로 향하고 있을 것이다."

"다행입니다."

청연군은 다른 현으로 향하고 있었다. 무혜에게 미리 언질받은 대로 전투가 끝난 직후 보병까지 전부 끌어 모아 화전으로 보냈다.

그것으로 보아 지금 무혜의 머릿속에는 이미 다음 작전이 수립되고 있는 것 같았다. 그러나 무린은 묻지 않았다.

미리 물어 정리되지 않은 작전을 들을 필요는 없기 때문이다. 이제는 인정한다. 동생이 군사로서 자리를 잡았다는 것을.

이미 비천대의 조장들도 무혜를 칭할 때 소저라고 하지 않고 군사, 혹은 군사님이고 했다.

그건 마음으로 이미 인정했다는 것.

인정하지 않았다면 결코 그런 호칭이 나오지 않을 것이다. 한 번의 작전으로 그걸 인정하기는 것은 쉽지 않았을 텐데도 인정한 것은 역시나 무혜가 보여준 계략이 너무나 완벽했기 때문이다.

"이곳은 다 둘러보았나?"

무린의 말투도 변했다.

동생을 대하는 말투가 아닌, 비천대원을 대하는 말투다.

무혜는 역시나 신경 쓰지 않았다.

"예, 어제 미리 다 돌아보았습니다."

"어떤가, 군사의 생각은?"

"휴식을 위한 거점으로는 훌륭합니다. 다만 적의 기습에는 반격하기 마땅치 않습니다."

비천대가 생각한 것을 그대로 대답한다.

하지만 무린은 결코 무혜가 여기서 끝내지 않을 것이라 생각했다.

"그래서?"

"사용 불가합니다."

"쓰지 않겠다는 건가?"

"예."

단호했다.

무린은 입가에 미소를 머금었다.

군사란 이래야 한다.

무혜가 뒷말을 이었다.

"제가 생각하는 거점은 어떠한 상황에서도 역공을 가할 수 있어야 합니다. 이곳이 적에게 들키지 않으리란 보장이 없기 때문입니다. 적에게 걸렸고, 공격당했을 시 당연히 비천대의 역량인 공간이 있어야 합니다. 그런데 이곳은 저기 저 계단 때문에 그게 불가능합니다. 그래서 앞으로 이곳에 들를 일은 손에 꼽을 것입니다."

"우리는 보병의 역할도 가능하다. 그런데도?"

"예. 비천대는 기병입니다."

더 강하고 더 빠르고 더 잘 어울리는 병과를 포기하는 건 멍청한 짓이다. 그래서 무혜는 비천대를 보병으로 쓸 생각이 없었다.

비천대 자체가 치고 빠지기에 특화됐기 때문이다.

그리고 사실 기병이 아닌 비천대는 상상하기도 힘들다. 물론 이번 교하작전처럼 어쩔 수 없는 경우는 다르다.

무혜의 말에 무린은 고개를 끄덕였다. 만족스러운 대답이었다.

"좋아, 그렇게 하도록 하지."

"예."

무린은 군사와의 대화를 끝냈다.

그러자 여태까지의 대화를 전부 듣고 있던 강위가 다가와 말했다.

"다 둘러본 것 같고, 결정도 내린 것 같고, 이제 다시 이동하지?"

"그러시오."

무린은 고개를 끄덕여 대답하고는 무혜를 바라봤다.

"짐을 챙겨 나오도록."

"예."

무린의 말에 네 여인은 다시 방으로 돌아가 짐을 싸서 나왔다. 사실 짐이라고 할 것도 없었다. 옷가지 몇 벌이 전부이기 때문이다. 다만 단문영은 조금 많았다. 그녀는 지금까지 수집한 약초와 독 등을 한가득 챙겨야 했기 때문이다.

다시 밖으로 나와 배에 오르자 뒷정리를 위해 수로연맹의 사람 이십여 명이 배에서 내려 비밀 거점 안으로 사라졌다.

그들이 사라지고 배는 다시 천천히 출발하기 시작했다.

그리고 순풍을 받아 빠르게 강물을 타고 돈화 근처의 비밀 거점에서 사라졌다.

보름 후, 비천대는 화전에서 적을 유인, 군사 진무혜가 만든 함정으로 끌어들여 약 이천의 북원병을 궤멸시켰다.

이후 악에 받쳐 쫓아오는 북원의 추격대를 화룡에서 화공으로 섬멸했다. 단 한 달도 안 되어 비천대는 놀라울 정도의 승전을 올렸다.

그리고 그 소문은 당연히 요녕의 전선으로도 흘러갔다.

第百二章

요동치는 전장(戰場風雲)

한없이 느긋해 보이는 노인, 그는 온몸에 갑주를 두르고 있다. 유해 보이는 얼굴과는 달리 장군 복식은 상당히 노인의 지위가 높다는 걸 보여준다.

대장군의 복식이다.

대장군 장양성, 그였다.

그는 허허로운 표정과 분위기를 유지한 채 조용히 서책을 넘기고 있다. 올곧게 편 허리, 그리고 내려꽂히는 시선.

"장군, 소인 이연입니다."

"들어오게."

그때 막사 밖에서 부하 이연이 찾아왔음을 알렸고, 그에 장양성은 그를 안으로 들였다.

마찬가지로 대명의 장군복을 입은 이연이 안으로 들어왔다. 여성스러운 이름치고는 상당히 우락부락한 사내다.

이제 오십 대 정도 되었는지 얼굴에 연륜이 보인다.

"그래, 무슨 일인가?"

탁자 위의 서책에서 눈도 떼지 않고 묻는 장양성. 이연은 그런 장양성을 가만히 바라봤다. 별다른 특색도 없다. 요녕의 전선을 지키는 대장군이라고 보기에는 상당히 무리가 있어 보인다.

이렇다 할 특징도 없고, 위엄, 패기도 보이지 않는다. 그저 평범한 노인이 장군복을 입고 있는 것 같다.

하지만 이연은 안다.

이런 특색 없는 노인이 얼마나 대단한 사람인지를.

"길림에서 승전보가 올라왔습니다."

"호오, 길림에서?"

"예, 장군."

이연은 공손히 죽간을 장양성에게 내밀었다.

도르르.

말려 있던 죽간이 풀리며 탁자 위에 펼쳐졌다. 한자 한자 정성스럽게 쓰인 것이 아닌, 급박했는지 대충, 그리고 요점만 적혀 있다.

"허허허."

그에 장양성은 가볍게 웃었다.

정말 가볍게 웃었다.

반대로 그 가벼운 웃음에 이연은 흠칫 몸을 굳혔다. 장양성이 저런 웃음을 지을 때는 기분이 좋지 않을 때라는 것을 잘 알기 때문이다.

"지뢰라……."

"……."

조용히 중얼거리는 장양성 장군의 말에 이연은 왜 그가 기분이 나빠졌는지 알 수 있었다.

지뢰, 필시 그에 관련된 일일 것이다.

"지뢰를 썼어. 지금 길림군부에 지뢰가 남아 있었던가?"

"아닙니다, 장군. 이미 전부 소거했습니다."

"그랬지. 내가 내린 명령이야. 그런데 여기에는 지뢰를 써서 비천대가 여러 번 승전했다고 적혀 있군."

"……."

왜 기분이 좋지 않은지 명확하게 깨달았다.

그 지뢰가 어디서 났냐는 것, 그것 때문이다.

화약은 물품 자체를 엄히 관리한다.

그냥 엄한 정도가 아니라 잘못 쓰는 순간 구족을 멸문하는 역모죄에 해당된다. 그렇기 때문에 화약의 관리감독은 정말 엄중했다.

그런데 어디서 풀렸는지 모를 지뢰가 작전에 사용되었다. 그게 장양성 대장군의 심기를 건드린 것이다.

"알아보도록."

"충!"

짧은 명령에 이연은 짧고 강렬한 군례로 대답했다. 그런 이연에게 장양성 대장군은 '아!' 하며 한마디를 덧붙였다.

"아무래도 비천대에 솜씨 좋은 군사가 합류한 모양이야. 그가 누군지도 알아보고, 그리고 원경을 부르게."

"충!"

이연은 곧바로 장양성에게 또다시 군례를 올리고 나갔다. 그가 심기가 안 좋을 때는 되도록 근처에 있지 않는 게 좋다는 걸 오랜 보좌 생활로 잘 알고 있기 때문이다.

이연이 나가고 장양성의 시선이 막사 벽으로 향했다. 벽에는 요녕, 길림, 내몽고의 군사지도가 빼곡히 붙어 있다.

그의 시선이 간 곳은 당연히 길림이다.

비천대가 승전을 올린 곳을 자세히 살펴본 그는 이내 고개를 주억거렸다. 그가 만약 비천대를 이끌고 있다면 죽간에 적힌 대로 작전을 실행했을 것이다.

물론 그전에 치밀한 사전 공작이 되어야 가능한 작전들이다. 소문이라는 거짓 공작으로 수뇌부의 판단력을 흐리게 하고, 그 때문에 우왕좌왕하는 북원군을 이미 모든 준비를 끝낸 전장으로 끌어들여 완벽하게 궤멸시켰다.

"멋지군. 허허허."

분명 지뢰를 사용했다는 소식은 장양성의 심기를 제대로 건드렸다. 군을 통솔하는 입장에서는 당연한 일이다.

그게 만약 북원군의 손에 들어갈 수도 있다는 가정도 해야 하기 때문이다. 지뢰라는 것은 사실 쉽게 만들 수 있는 게 아니다.

전문적인 지식을 갖춘 장인만이 만들 수 있다. 그리고 제조 과정도 상당한 담이 필요하다.

조금만 삐끗해 터진다면?

화약이다.

순식간에 주변 몇 장을 초토화시킬 것이다.

그만큼 위험한 물건이다. 하지만 반대로 위험하기 때문에 화약으로 만드는 화탄, 지뢰 같은 경우 잘만 쓰면 적을 살상 하는 데 아주 효과적이다.

또한 굉음을 동반하기 때문에 적의 사기를 꺾는 데도 화탄 만 한 게 없다. 그러니 장양성 대장군이 심기가 어지러운 것 이다.

만약 자급으로 만들었고, 그 제조법이 북원으로 흘러들어

갈까 봐. 그게 진짜 이유였다. 그래서 이연에게 알아보라고 한 것이다.

하지만 심기가 불편하고 걱정이 되는 것도 많지만 비천대의 승전 또한 무시할 수 있는 게 아니었다.

이 정도면 대승이다.

그의 직급은 정오품의 정천호.

몇 번을 특진해도 결코 이상할 게 없는 공이다.

"부르셨습니까."

"그래, 어서 오게. 미안하네, 쉬고 있는데 불러서."

"하하, 아닙니다. 장군께서 부르시면 자다가도 뛰어와야지요. 하하하!"

막사 휘장을 걷고 들어오는 사람은 깔끔한 문사풍의 중년 사내였다. 가지런히 기른 수염과 정광이 빛나는 눈동자, 그리고 강단 있어 보이는 굵은 선이 유독 눈에 띄는 중년 사내다. 그가 바로 장양성 대장군과 요녕 전선을 지키고 있는 군사 원경이었다.

장양성이 거의 이십 년 전 직접 거르고 걸러 자신 옆에 앉혀놓은 군사. 군문에 뛰어든 이후 오직 장양성의 곁에서만 군권을 움직인 이가 바로 원경이다.

"일단 이걸 읽어보게나."

그래서 그에 맞게 장양성이 원경에게 보이는 신임은 대단했다. 오죽하면 사석에서 이런 말을 할 정도였다.

'내 처자식은 못 믿어도 이 친구는 하늘이 두 쪽 나도 믿는다네.'

군문에서는 매우 유명한 일화이다.

그만큼 장양성은 그를 신임했다.

갈색 대나무 죽간을 받아 든 그가 장양성을 바라보며 물었다.

"이게 뭔지요?"

"길림에서 온 승전보라네."

"호오."

장양성의 대답에 그는 흥미로운 얼굴로 죽간을 펼쳤다. 그리고 차분한 눈동자로 죽간에 적혀 있는 내용을 읽어나갔다.

장양성과 마찬가지로 잠시 지뢰라는 단어에 눈빛이 굳어지긴 했지만 이내 풀고 끝까지 정독했다.

다 읽은 원경이 눈을 감았다.

장양성은 그런 원경을 가만히 내버려 뒀다.

그가 지금 승전보에 적힌 내용을 머릿속으로 상상하고 있음을 잘 알고 있기 때문이다.

남이 보여준 전략이라도 언젠가는 자신이 써먹어야 할지도 모르는 일.

배울 게 있으면 어떤 이에게라도 배우는 원경이라는 것을 잘 아는 장양성이다. 그런 원경이 다시 눈을 뜬 것은 약 일각 정도가 지나서였다.

입가에 호선이 그려져 있다.

"멋지군요."

"허허, 나도 그렇게 생각했다네."

"절묘하고 정교한 작전들입니다. 그리고 배짱도 두둑하고. 이런 작전을 펼치는 이가 있다니 아직 대명의 기운이 다하지는 않은 모양입니다. 하하하!"

"이 친구, 무서운 소리를 하는군. 하지만 내 생각도 자네와 똑같네. 허허허."

선덕제가 들었다면 웃던지 아니면 목을 치던지 할 말을 서슴없이 내뱉는 원경이다. 그걸 받는 장양성도 마찬가지였다.

"비천대에 능력 있는 군사가 부임했나 봅니다."

"안 그래도 알아보라고 했네. 이연 그 친구한테 맡겼으니 상세하게 알아올 거야."

"누군지 꼭 보고 싶군요."

"조금만 기다리면 될 걸세. 그보다 어떤가, 이 승전보의 가치는?"

장양성 대장군은 죽간을 다시 돌돌 말아 십 보 밖에서 타고 있는 화롯불에 휙 던졌다. 이런 정보는 읽자마자 폐기하는 게 옳다.

정확히 화롯불에 떨어져 불이 붙기 시작한 죽간을 보며 원경이 말했다.

"말해 무엇 하겠습니다. 무한한 가치가 느껴집니다. 하하하!"

원경은 기분 좋게 웃었다.

이것은 단순한 승전보가 아니다.

적의 사기를 들끓게 할 수 있는 정보다. 거짓 소식도 아니고 확실한 소식이니 이게 전선에 퍼지기 시작하면 아마 아군의 사기는 오를 것이요, 이를 접한 북원의 사기는 떨어질 것이다.

아닌 게 아니라 이미 비천대는 북원군의 후방을 집요하게 괴롭히고 있었다. 대규모 보급대를 매하구에서 전멸시킨 걸로도 모자라 몇 차례나 적을 궤멸시켰다.

당연히 북원으로서는 집중할 수 없을 것이다.

뒤가 어수선하니 앞에 신경을 집중한다는 것 자체가 어렵다. 천리안 바타르도 비천대를 상대할 방법은 찾기 힘들 것이다.

왜냐?

뛰어난 군사의 합류, 그것도 원경 자신과 비교해서 결코 부족하지 않은 군사가 합류한 것 같기 때문이다. 무력도 으뜸이고 지략도 으뜸이다.

거기다가 소수 정예.

극히 상대하기 까다로울 것이다.

"제아무리 바타르라 하더라도 이번에는 골 좀 썩을 것 같습니다. 하하하!"

"비천대. 정천호 진무린의 이름은 익히 들어봤지. 모두 병사 출신이라더군. 어쩌면 우리 밑에 있던 녀석들일지도 모르겠어."

"몇몇은 이름이 낯익기는 합니다."

원경은 비천대 조장들의 이름을 들어본 적이 있었다.

"특히 갈충 이 친구는 자네 밑에 있지 않았나? 나도 몇 번 본 것 같네만. 그리고 왜 자네가 언젠가 말하지 않나? 탐나는 친군데 전역했다고 말이야. 허허."

"아, 갈충. 그 음침한 녀석. 하하하! 맞습니다. 제가 좀 더 데리고 있으려 했는데 할 일이 있다면서 잽싸게 군문을 벗어났지요. 그것도 제가 조정에 간 틈을 타서 말입니다. 괘씸한 놈입니다. 하하!"

둘의 입에서 갈충의 이름이 나왔다.

하긴 갈충은 군사 밑에 있었다. 들어오는 정보를 걸러내서 다시 군사에게 올리는 역할. 그게 갈충이 북방에서 한 일이다.

"비천대 이거 저번에 심양에서 북원의 악마 놈들에게 참패했다고 하더니 아주 이를 단단히 간 모양이야. 손속에 사정이 없어."

"애초에 전우애가 남다르지 않겠습니까? 그러니 이해는 갑니다. 하지만 너무 무리하지 않았으면 싶은데 그게 걱정입니다."

"바타르가 가만있지 않겠지?"

"당연합니다. 지금도 아주 이를 박박 갈고 있을 겁니다."

"허허허."

"하하하."

두 사람은 기분 좋게 웃었다.

지금 막사 밖으로 나가 진형의 선두에만 가도 보일 북원의 진형. 그 중심에 있을 바타르를 생각하자 기분이 좋아진 것이다.

그러다 다시 장양성이 얼굴을 갑작스레 굳히고 조용한 목소리로 말했다.

"그보다 어쩔 텐가. 들어줄 생각인가?"

"예, 들어줘야지요."

그 말에 원경은 담담하게 대답했다.

무슨 말인가?

원경이 말을 이었다.

"버릴 땐 화끈하게 버리는 게 좋겠지요. 그리고… 이 작전이 성공하면 천리안도 분명히 흔들릴 겁니다. 그걸 생각하면… 허락해야 합니다."

"음… 하지만 잘못되면 비천대를 잃을 수도 있어. 그들은 이 순간 절대적으로 필요한 존재이네. 너무 무리하는 게 아닌가 걱정되는군."

"비천대의 군사가 알아서 할 겁니다. 기세를 탄 지금, 적이 흥분한 지금, 판단이 제대로 되지 않는 지금 해야 하는 작전입니다."

원경의 목소리는 차분하고 단호했다.

도대체 무슨 허락인지 모르겠지만 원경은 해야 한다고 했고, 그 이유도 설명했다. 큰 전과를 아군이 올릴수록 적군은 흔들린다.

"잘하면 열 받은 천리안이 악마기병을 비천대 쪽으로 돌릴지도 모릅니다. 물론 그럴 가능성은 높지 않지만 그렇게 만약 된다면…….”

원경은 눈을 빛냈다.

덩달아 장양성의 눈빛도 빛났다.

북원의 악마기병.

현재 장양성 대장군과 원경이 함부로 작전을 못 짜는 이유였다. 이들은 어떤 작전이라도 간파 즉시 파괴할 수 있는 무력이 있기 때문이다.

피해야 할 대상, 가장 경계해야 할 대상인 것이다.

하지만 그들은 지금까지 함부로 움직이지 못했다. 북원의 악마기병. 그들에게만 있는 게 아니다.

북원의 모든 병졸에게 사신으로 존재하는 대명의 강신단.

무적단주 이무량이 이끄는 이 무적의 군단이 있기 때문에 바타르도 악마기병을 함부로 운용하지 못했다.

"좋아, 그럼 그쪽으로 허락한다는 서신을 보내지."

"잘 생각하셨습니다."

원경은 웃었다.

장양성은 곧바로 서신을 작성했다.

그리고 마지막에 자신의 직인을 찍어 건네자 원경이 고이 접어 품에 넣었다.

"그럼 가서 쉬게나. 이따 회의 때 봅세."

"네, 장군. 그럼."

가볍게 예를 올리고 원경이 밖으로 나갔다.

대체 뭘까?

뭔 일을 하려 하기에 허락까지 필요한 것일까?

밖으로 나온 원경이 기다리고 있던 그림자에게 서신을 다시 건넸다.

"길림의 비천대에 전하라."

"······."

대답도 없이 사라졌다.

이 서신은 이제 황실의 숨은 기관을 통해 비천대에 전해질 것이다. 정확히는 갈충에게다. 갈충에게 전달된 서신은 비천대주나 아직 정체가 밝혀지지 않은 군사에게 들어갈 것이다.

허락이 떨어졌으니 작전은 시작되겠지.

원경은 하늘을 올려다봤다.

아무것도 점쳐지지 않는 하늘.

"후우, 이제… 이곳도 흔들리겠구나."

이제 슬슬 요녕의 전선은 격한 격류에 휩쓸릴 것이라 생각했다. 대치는 길었다.

슬슬 북원이 승부를 걸어올 터.

다만 그 시작이 무리수가 동반되느냐, 안 되느냐가 문제였다.

비천대가 성공만 한다면 전자의 격류가 덮쳐올 것이다. 무리수가 동반된. 그렇게야 된다면야 원경으로서는 더 바랄 게 없다.

그렇기 때문에 허락한 것이다.

위험한 줄 알면서도 말이다.

"후우."

또다시 한숨이 나온다.

"미안들 하네. 그리고 조심하시게."

그는 한숨과 함께 비천대를 걱정했다.

그리고 휘적휘적 걸어 바로 옆에 있는 자신의 막사로 들어 갔다. 몇 만의 대군을 움직이는 군사이기에 그는 또다시 적의 동향을 살피고, 대응책을 만들고, 해야 할 게 산더미였다.

원경에게 그림자가 받은 서신이 전서묘를 통해 길림으로 들어선 건 약 일주일이 흐른 뒤였다.

다시 일주일이 흘렀을 때, 전서묘는 갈충의 품에 안착했다.

하루 후, 작전은 시작됐다.

第百三章 특공비천(特攻飛天)

귀환병사

비천일조.

"후우, 후우."
어두운 토굴 속을 기어가는 일단의 무리가 있었다. 그 선두
의 인물 등엔 어둠에 동화된 시꺼먼 철창이 메어 있다.
흙으로 엉망진창이 된 손과 발, 그리고 의복은 개의치 않으
며 그는 계속해서 전방을 향해 기어갔다.
무린이다.
그는 뒤에 비천일조를 이끌고 현재 땅 속을 기어가는 중

이다.

쫓기고 있나?

아니었다.

작전을 위해 현재 전장으로 은밀히 침투하는 중이다. 이곳은 바로 길림성 아래다. 정확히 설명하면 길림성의 성벽 아래.

흔히 개구멍이라 불리는 통로를 통해 진입 중이다.

무혜는 대담한 작전을 계획했다.

그리고 조장들을 불러 모아 설명했다.

길림성을 함락하겠다고.

그런 무혜의 말에 모두가 입을 쩌억 벌렸다. 심지어 감정의 변화가 별로 없는 백면과 남궁유청까지 놀랐을 정도이다.

가장 처음으로 나온 반문은 당연히 '그게 가능하겠나?' 였다. 그런 반문에 무혜는 단호하게 고개를 끄덕였다.

그러면서 이유를 댔다.

하나,

길림성에 주둔 중인 병력이 지금 반이나 빠져나갔다는 것.

물론 이는 비천대를 잡기 위함이다.

세 곳에서 대참패한 길림의 북원군은 지금 비천대라면 이를 갈고 있었다. 특히 화룡에서 화공에 병력 천이 재가 되었을 때는 아주 이를 갈다 못해 씹어 먹어버릴 분노를 느꼈다.

결과 길림의 성문이 재차 열렸다.

그리고 근 삼천에 달하는 병력이 두 개로 쪼개져 비천대를 쫓기 시작했다. 그것도 기병으로만 이루어진 부대다.

이에 길림성이 텅 비어버렸다.

보병 이천 정도가 있는데 보병은 무섭지도 않았다.

이게 첫 번째 이유였다.

둘,

공성전이 필요 없다는 말이다.

무혜는 갈충을 통해 길림성으로 은밀히 접근할 수 있는 땅굴이 있다는 걸 파악했다. 그것도 동서남북 전체로 퍼져 있는 땅굴이었다. 거기다가 그 땅굴 입구까지 안전하게 누구에게도 걸리지 않고 보내줄 수 있다는 수로연맹의 호언장담도 들었다.

이에 공성전은 필요 없었다.

비천대가 은밀히 침투, 성문만 내려 버리면 대기 중이던 비천이대가 득달같이 달려들어 썰어버리면 된다.

그리고 그대로 성주관으로 달려 함락.

이는 병력이 필요하기에 청연군과 수로연맹까지 힘을 합쳤다. 보병 이천이야 비천대, 청연군, 그리고 수로연맹의 정예들과 함께라면 충분히 섬멸이 가능했다.

충분히 가능성이 있는 작전이었다.

아니, 확실히 가능한 작전이었다.

이러한 작전을 짠 무혜는 마지막 이유를 설명했다.

셋,

이 작전이 성공하면 요녕전선이 극히 유리하게 흘러갈 것이라고. 북원은 요녕전선에서 정예를 빼 비천대를 잡으려 할 것이고, 그것은 곧 허점이 된다. 허점이 되는 순간 전선은 일시에 요동치고, 추는 어느 쪽으로든 명확하게 기울 것이다.

물론 명에 유리하게 말이다.

그렇다면 결과적으로 어떻게 되나.

잘하면 전쟁이 끝날 수도 있었다.

이게 무혜가 말한 세 번째 이유였다.

그리고 그 세 번째 이유가 무린이 이 작전을 수용한 이유였다. 참으로 지긋지긋한 전쟁. 그걸 끝낼 수 있는 발판을 마련한다는 달콤한 보상.

그게 절대 안전한 작전만 펼치려고 마음먹은 무린의 마음을 바꾸게 만들었다. 무린이 실행한다는 허락이 떨어지자 바로 치밀한 조사가 이어졌다.

즉시 비천대 몇몇이 수로연맹의 배를 타고 길림성으로 은밀히 향했다. 땅굴을 이용해 길림성으로 침투하는 시간을 알아보기 위해서였다.

또한 가는 길도 안전한지, 수로연맹의 장담이 맞는지 확인해 보기 위해서였다. 그들의 호언장담은 선 침투 결과 확실했고, 땅굴의 존재도 확인했다. 또한 가는 시간 동안 어렵게 구한 모래시계로 침투 시간을 쟀고, 성문이 열리면 비천이대가 침투할 시각도 정했다.

이후 무혜는 마지막 작전을 설명했다.

그게 가장 마음에 들었다.

하지만 많은 문제가 있어 먼저 요녕전선에 서신을 보냈다. 승전보와 같이 보낸 것이다. 되돌아온 서신은 허락.

비천대 전원의 가슴이 뛰기 시작했다.

전에 없던 작전이 그들의 가슴에 흥분을 일으킨 것이다.

작전은 실행됐다.

그 결과, 무린이 지금 땅굴을 기고 있다.

땅굴을 기는 것은 힘들었다.

통로가 크지 않았기에 기어서 겨우겨우 들어가야 할 정도였다. 이윽고 조금씩 굴이 커지면서 성인 사내 일이백은 수용 가능한 공동이 나왔다.

도착한 것이다.

무린은 손에 든 모래시계로 현재 밖의 시각을 가늠했다.

"해시 초쯤 됐겠군."

"작전 시각까지는 아직입니다. 애들을 쉬게 하겠습니다."

"그래."

관평의 말에 무린은 고개를 끄덕였다.

거의 꼬박 하루를 기었다.

토굴의 시작은 길림성에서도 상당히 떨어진 강가서부터 시작됐다. 그렇기에 이동하는 데 상당한 시간이 걸린 것이다.

쉬는 것도 거의 없이 기었으니 체력은 빠질 만큼 빠졌을 것이다. 실제로 현재 무린도 몸이 무겁다는 것을 느끼고 있었다.

관평의 지시에 곧바로 비천일대는 돌아가면서 운기를 하기 시작했다. 작전 시각까지 몸 상태를 최상으로 끌어올리기 위해서였다.

"대주께서도 하십시오. 제가 번을 서겠습니다."

"부탁하지."

장팔의 말에 무린은 고개를 끄덕이고는 곧바로 바닥에 철퍼덕 앉았다. 그 후 곧바로 삼류공을 돌리기 시작했다.

장백에서 월등히 성장한 삼류공은 빠른 속도로 무린의 혈을 돌며 쌓여 있던 습한 기운을 몰아냈다.

흙먼지에 범벅이 된 무린의 얼굴이지만 서서히 제 혈색을 찾기 시작했다.

일각이나 걸렸을까?

무린이 눈을 떴다.

"관평, 장팔."

무린이 눈을 뜨고 일어나 둘을 부르기 무섭게 둘 다 바로 자리에 앉았다. 둘 다 각자의 심법을 운기하기 시작한 것이다.

둘은 무린보다 오래 걸렸다.

이각 정도가 지나서야 눈을 떴다.

반 시진 정도가 흐르자 비천일대는 전부 운기를 끝내고 각자 휴식에 들어갔다. 그런 그들에게 무린이 말했다.

"작전대로 우리는 축시 초에 움직인다. 염방."

"네, 대주."

"확실히 기억하고 있겠지?"

"네. 제가 떠나왔을 때와 변한 것만 없다면 나가는 즉시 위치를 잡을 수 있습니다."

"좋아, 네 역할이 중요하다. 시간 끌면 이대의 출발에 맞추지 못할 거야."

"맡겨주십시오."

"믿겠다."

"네."

비천대원 염방은 인명부가 발동되기 전 길림성에 있었다. 북방으로 징집되어 오기 전에도 그는 길림성에서 살았다.

길림성 토박이인 것이다.

그래서 그는 길림성의 지리를 전부 꿰고 있다고 했다. 그가 중요한 이유는 이 토굴을 나가는 즉시 길림의 남문으로 향해야 하기 때문이다.

지리를 몰라 헤매면 약속된 시각에 출진하는 비천이대가 성문에 도착했을 때 문을 열지 못하는 사태가 벌어지기 때문이다.

그래서 무린이 재차 염방에게 말한 것이다.

그렇게 대화가 잠시 멈추고 각자 휴식에 들어갔다.

시각은 역시 일정하게 흘렀고, 이윽고 때가 됐다.

"정렬."

"네. 비천대, 정렬이다."

관평이 바로 비천대에 지시를 내렸다.

일사불란하게 도열을 완료하는 비천대.

그런 그들에게 무린이 말했다.

"죽는 것, 허락하지 않겠다."

"······."

"······."

비천대의 눈빛에서 새파란 독기가 흘러나오기 시작했다. 동시에 공동 가득 차는 전의, 투기, 살기.

무린은 그걸 느끼며 고개를 끄덕였다.

그리고 말했다.

"시작하자."

무린이 손에 잡힌 기관을 돌렸다.

그그궁!

입구가 개방되고, 그곳으로 오십의 비천일대가 비천객 무
린을 필두로 우수수 쏘아져 나갔다.

길림성 함락작전이 시작되는 순간이었다.

*   *   *

비천대는 밖으로 나오자마자 은신에 들어갔다. 경계를 확
실히 하며 무린이 움직이길 기다렸다.

무린은 염방을 바라봤다.

"시장 거리입니다. 길을 열겠습니다."

"좋아."

염방의 말에 무린은 고개를 끄덕였다.

잠시 후 다시 한 번 위치를 가늠한 염방이 몸을 날렸다. 그
를 따라 무린도 몸을 던졌다.

사사삭.

발이 지면에 스치며 간드러지는 소음을 냈다.

오십의 비천대가 움직이는데 소리는 거의 나지 않았다. 거
기다가 칠흑의 복장으로 통일했기 때문에 은밀하기 그지없었

었다.

순식간에 시장으로 보이던 풍경이 사라지고 판자로 만든 허술한 집이 빼곡하게 들어선 곳이 나타났다. 야밤이기 때문에 움직이는 사람도 없어서 비천대의 움직임은 완전히 유령처럼 보였다.

염방은 이각 정도 달리더니 멈췄다.

그 뒤를 따라 무린은 물론 비천대 전체가 멈췄다.

"저깁니다, 대주."

"……."

염방의 손끝을 따라가 보니 성문이 보이고, 성문을 지키는 북원군도 보인다. 그들은 군데군데 불을 피워놓고 모여서 불을 쐬고 있었다. 수는 대략 이십 전후.

주변에는 막사도 있었다.

아마 저곳에는 지금 밖에 있는 자들보다 최소 열 배는 더 많은 인원이 있을 것이다. 성문은 그만큼 중요하니 배치도 많이 되어 있을 것이기 때문이다.

무린은 빠르게 판단을 내렸다.

"관평."

"네."

"애들 열을 데리고 바로 문을 열어라."

"네."

"장팔."

"네, 대주."

장팔이 부리부리한 눈을 치켜뜨며 대답했다. 전에 없이 진지한 그 눈빛에 무린은 고개를 끄덕였다.

안심이 됐다.

예전의 조급함을 한 꺼풀 벗겨낸 모습이다.

"다섯을 데리고 가라. 저기 큰 파오에 대장이 있을 것이다."

"확실히 처리하겠습니다."

단지 그 말만으로 장팔은 무린이 원하는 걸 알아차렸다. 눈빛만으로도 서로가 무엇을 원하는지 알 수 있는 사이가 된 비천대다.

이 정도까지 말했으면 알아듣는 건 당연했다.

전투가 시작되면 적장을 가장 먼저 잡는 건 당연한 일이었다.

"나머지는 성문이 열릴 동안 관평을 방어한다. 내가 중심, 선두에 서겠다. 태산, 윤복, 확실하게 방어해라."

"네, 대주."

"네."

대검, 대도를 쓰는 태산과 윤복.

비슷한 생김새의 두 사람이다.

무린이 손을 들었다.

"시작."

타다다닷!

무린의 말이 떨어지기 무섭게 관평, 장팔이 뛰어나갔다. 관평은 직선, 장팔은 우측으로 각기 열, 다섯씩 끌고 무서운 속도로 내달렸다.

타닷!

동시에 무린의 신형도 벼락처럼 쏘아져 나갔다. 이제는 극성이라고 해도 될 무풍형이 무린의 발에 날개를 달아주었다.

그 날개는 하늘을 나는 비천의 날개였다.

"저, 적……!"

북원군 하나가 비천대를 발견하고 소리치려 했다.

퍽!

그러나 무린의 뒤에서 달려오던 연경이 날린 비도에 목을 꿰뚫려 끝까지 말을 내뱉지 못했다.

하지만 그 말고도 북원군은 많았다.

뎅! 뎅!

"적이다!"

"기습이다!"

적이다.

기습이다.

그 두 단어에 모든 북원군이 정신을 화들짝 차렸다. 그러나 정신을 차린다고 무조건 막을 수 있는 비천대의 공격이 아니다.

촤악!

장팔의 사모창이 파오의 휘장을 갈랐다. 그러자 급히 일어나 갑주를 챙겨 있고 있는 자가 있다.

"큭, 갑옷 입을 시간이 있냐?"

어처구니없고 기가 막힌다는 듯 말하는 장팔. '큭!' 하고 수비대장이 단도를 장팔에게 던졌다.

휙 하고 날아오는 단도는 정확히 장팔의 미간을 노렸다.

"흥!"

챙!

가볍게 창을 흔들어 튕겨내고 장팔의 신형이 빨려들어 가듯 쏘아졌다. 하늘에서 떨어지는 벼락.

사모창의 창날은 뱀처럼 꾸불꾸불하기에 벼락처럼도 보였다.

쾅!

수비대장이 급히, 정말 아슬아슬하게 뒤로 물러났다.

스팟!

그러나 창날의 예기에 코끝이 베어 피가 뭉클 솟아났다.

"감히!"

자신이 다쳤다는 것에 분노했는지 수비대장이 대도를 뽑아 들고 장팔에게 덤벼들었다. 장팔은 그런 행동에 미소를 지었다.

슉!

슈슉!

비도 세 자루가 장팔의 뒤에서부터 날았다.

"흡!"

챙!

채쟁!

넓은 대도의 면을 이용해 비도를 막자 장팔에게 달려들던 행동이 멈추었다. 그걸 놓칠 장팔이 아니었다.

서걱.

뱀처럼 교묘히 파고든 사모창이 수비대장의 목젖을 정확히 갈랐다.

"허억, 허어억!"

챙그랑!

대도를 놓친 수비대장이 양손으로 자신의 목을 막았다. 본능적으로 이제 피가 튈 것이라는 것을 깨달은 것이다.

그리고 그렇게 되면 자신이 죽는다는 것도 같이 깨달았기에 나온 행동이다. 그러나 장팔은 그가 죽을 때까지 기다려 줄 생각이 없었다.

팟!

깔끔하기 그지없는 일격이 수비대장의 목을 베었다.

둥실 떠오른 수비대장의 머리가, 아니, 이제는 수급이라 불린 물건이 피를 사방에 뿌리며 떨어졌다.

짙은 혈향이 순식간에 파오 안에 가득 찼다.

반각도 안 되는 사이에 벌어진 일.

장팔은 재빨리 수급을 챙겨 들고 파오를 나섰다.

"적장의 목은 이 장팔이 받았다!"

내력이 가득 실린 장팔의 우렁찬 외침이 이제 교전이 한창 벌어지고 있는 남문에서 울렸다. 그러자 모두의 시선이 장팔의 손에 달린 수급으로 향했다.

누구는 놀라고 누구는 웃었다.

당연히 북원군이 놀랐고, 비천대가 웃은 것이다.

"이익! 신경 쓰지 말고 빨리 제압해라! 성문이 열리는 걸 막아!"

그래도 부수비대장이 있었는지 빠르게 정신을 차리고는 성문이 열리는 걸 막으라고 소리쳤다.

하지만 그게 그렇게 쉬울 리가 없었다.

비천대다.

절정에 달한 무력을 보유한 비천대.

악마기병이 와도 쉽게 제압이 불가능할 텐데 후방에서 성

문이나 지키는 병사들이 그런 비천대를 제압할 수 있을 리가
없었다.

실제로는 제압은커녕 오히려 잡아먹히고 있었다.

퍄득!

"크억……"

선두에 선 무린의 일격이 달려드는 병사의 어깨로 직격, 뼈
를 부수고 파고든 내력이 내부를 휘저어 걸레로 만들어 버렸
다.

"쿠억!"

내뱉는 피에 하얀 살덩이가 보인다.

텅!

터엉!

성문에서는 계속해서 굉음이 들렸다. 비천대가 내력으로
성문 빗장을 때려 부수며 나는 소리였다.

그에 북원군은 악착같이 덤벼들었다.

그들도 아는 것이다.

왜 지금 저들이 성문을 열려고 하는지 말이다. 분명 열린
성문으로 공격해 들어올 병력이 있으니 열고 있는 게 아니겠
는가?

당연한 생각이다.

그렇기 때문에 필사적으로 덤벼들었다.

촤라락!

콰광!

무린의 손에서, 철창에서 뿜어져 나간 우윳빛 창기가 달려
들던 병사 다섯을 저승으로 보내 버리고 지면에 부딪치며 포
탄 터지는 소리를 만들어냈다.

"달려들어! 몸으로라도 막아! 죽음으로 막으란 말이다!"

부수비대장.

그는 급했다.

저 성문이 열리면 어떤 일이 벌어질지 너무나 잘 아는 것이
다. 더불어 저 문이 열리면 길림성이 함락된다는 것도 알고
있다.

그렇기에 목숨을 도외시한 공격을 주문했다.

그래서 북원의 병사들은 악에 받쳐 달려들었다. 하지만 그
의 눈에도 보였다. 악에 받쳐 달려들다가 그저 힘없이 고꾸라
지는 아군의 병사들을 말이다.

애초에 달라도 너무나 달랐다.

"으으! 비천대……!"

그는 그리고 깨달았다.

눈앞의 흑의인영들.

이들이 현재 길림성은 물론 요녕전선까지도 악명이 자자
한 비천대라는 사실을 말이다. 또한 동시에 깨달았다.

못 막는다.

쾅!

쾅!

끼이이!

결국 잠시 후 유부로 향하는 문이 열리는 듯 소름 끼치는 소리와 함께 길림성의 남문이 천천히 열리기 시작했다.

그리고 완전히 열렸을 때, 천지가 진동하는 소리가 점차 가까워지더니 열린 성문을 통과, 거뭇거뭇한 악마들이 성내로 진입했다.

부수비대장에게 그건 악몽이었다.

'아, 안⋯⋯.'

퍽!

어둠 속에서도 보이는 하얀 가면. 히죽 입 꼬리가 올라간 가면의 적이 귀신처럼 스쳐갔다. 그리고 그건 그가 생에 마지막 본 장면이었다.

두둥실.

시선이 위로 강제로 올라가더니 잠시 후 지면이 보이기 시작했다. '어?' 하며 의문조차 갖지 못하고 지면이 가까워질 무렵 끊어진 시신경으로 인해 순식간에 어둠으로 변해 버렸다.

퍼걱!

그 후 지나가는 전마의 질주.

아무것도 남아나지 않았다.

이 모든 게 북원군에게는 너무나 비현실적으로 느껴졌다. 하지만 지금의 이 상황은 그 누구도 부정할 수 없는 현실이었다.

*   *   *

수많은 전쟁론 중에 정답은 없다.

하지만 정답에 가장 근접한 지론은 있다. 누가 처음 꺼냈는지 모를 이 지론은 열에 아홉은 고개를 끄덕여 수긍하는 지론이다.

바로,

전쟁은 기세 싸움이다.

바로 이 말이다.

누구나 들으면 '암, 그렇고말고' 하고 고개를 끄덕일 이 말은 이 땅에서 이루어진 역사가 증명했다.

그 어떤 전쟁에서도 기세에서 밀린 군이 승리한 적은 없었다. 애와 어른이 싸우는 압도적인 무력 차이가 아니라면 말이다.

그래서 모든 군사들이, 지휘관들이 가장 중시하고 경계하는 게 바로 적이 기세를 타는 일이다.

제아무리 정예를 이끌고 있고 좋은 작전을 짰다고 하더라도 적이 기세가 오르면 잘 싸워봐야 동수(同數)다.

그러니 반드시 막아야 하는 일인 것이다.

하지만 반대로 그렇기 때문에 전장에서 승리하기 위해서는 기세를 타야 했다. 이 또한 병법의 기본이라 할 수 있는 것.

그러면 이 기세를 조작하는 것은 누구의 역할인가?

병사?

맞다.

군사?

그것도 맞다.

선두의 대장?

이 말도 맞는 말이다.

즉, 전부 필요하다는 소리다.

병사가 있어야 하고, 병사를 기세가 타게 움직일 수 있는 군사가 있어야 하고, 병사와 군사가 짠 작전을 제대로 수행할 수 있는 대장이 있어야 한다.

성문을 돌파한 비천대.

이들에게는 그게 전부 있었다.

비천대,

병사가 있었고.

무혜,

군사가 있었다.

선두의 지휘관,

기병의 선두에 백면과 남궁유청이 있었다.

모든 것이 아귀가 딱딱 떨어져 맞았기 때문에 비천대는 기세를 제대로 탔다. 무린이 특공조를 이끌고 길림성에 침투해 남문을 열었다.

그것도 아무런 피해도 없이 너무나 쉽게.

조건 하나가 충족된 것이다.

또한 무혜의 출발 지시에 따라 비천이대와 청연군 삼백, 그리고 수로연맹의 정예 오백이 끌어 모은 전마에 올라타 기병이 되어 성문이 활짝 열리는 정확한 시기에 길림성으로 진입했다.

조건 두 번째가 충족되었다.

사실 이 정도만 해도 완벽하다 할 수 있었다.

하지만 군사 무혜의 작전은 결코 여기서 끝나지 않았다.

진무혜 군사는 말했다.

첫 번째 목표는 길림성의 침투입니다.

두 번째 목표는 성문의 개방이고,

세 번째 목표는 정확한 시기에 비천이대 진입입니다.

그리고 네 번째 목표는 성주관의 함락입니다.

성주관(城主館).

쉽게 말해 이 길림성을 장악한 북원의 적장이 현재 머물고 있는 곳이다. 웬만해서는 이 성주관을 놓고 적장이 다른 곳을 쓰는 경우는 없다.

적의 수장이 머물던 곳을 내가 쓴다. 이런 상징성이 있기 때문이다.

그렇기 때문에 성주관의 함락은 그 성의 함락과도 같았다.

공성전, 시가전이 벌어졌을 시 기세를 타는 방법 중 가장 확실한 것은 세 가지다.

성문의 함락,

성주관의 함락,

그리고 적장의 수급.

그렇기 때문에 출발 당시 무혜는 백면에게 신신당부를 했다.

'반드시 성주관을 함락시키고 적장의 수급을 확보하셔야 합니다.'

그 말에 백면은 빙그레 미소를 짓고 대답했다. 그때의 대답이 지금 이 순간 가장 선두에서 바람처럼 질주하고 있는 백면의 입에서 다시 흘러나왔다.

"후후, 걱정 마시오, 군사."

그렇게 흘러나온 말은 뒤를 따라 달리던 비천대에게 겨우 들렸다가 바람에 흩어져 흔적조차 사라져 버렸다.

성문을 통과하는 순간, 백면의 눈이 빠르게 사방을 훑었다. 그리고 금세 찾아내고 말았다.

남들과는 다른 복장, 그리고 떠나가라 외치는 말에 너무나 쉽게 찾을 수 있었다.

히히힝!

슬쩍 돌린 말고삐가 진로를 약간 수정했다.

두드드드드!

어마어마한 속도로 돌진한 백면의 검이 적장의 목을 두둥실 띄워 올렸다. 시작이다. 이로써 백면이 군사에게 위임받은 임무가 시작되었다.

크하하!

어둠을 찢어발기고, 솜털이 곤두서는 광소였다.

누구보다 거칠고, 누구보다 포악하게 변해 버렸다. 얌전하던, 뭔가 염세적이던 백면은 이 순간 그의 입에서 나온 광소와 함께 사라져 버렸다.

가면 속 눈동자가 하얗게 탈색되었다. 물론 그렇다고 백면이 이성을 잃은 것은 아니다.

만약 이성을 잃었다면 백면은 비천대가 아닌, 그저 마인(魔人)에 지나지 않을 것이다. 그리고 마인이었다면 인명부에 등재되지도 못했을 것이다.

즉, 이곳에 있을 이유 자체가 없을 거란 소리다.

뭉게뭉게 피어나는 무시무시한 기세.

그것은 곧 백면의 힘이요, 동시에 비천대의 기세를 한없이 끌어올려 주는 지독한 전장 함성이다.

말했다.

기세라는 것은 이런 거라고.

한번 불붙으면 결코 쉽게 꺼지지 않는 지옥불이라고.

"으하하! 가자고!"

뒤에서 마예의 호탕한, 그러나 실심이 가득 배어 있는 고함이 들렸다. 번뜩이는 눈동자가 지독히도 무서웠다.

"죽어!"

북원병 하나가 그런 마예에게 달려들면서 도끼를 휘둘렀

다. 몸까지 띄운 목숨을 도외시한 공격이다.

"홍!"

그러나 그 순간 마예의 몸이 마치 눕듯이 젖혀졌다. 거의 수평으로 누운 마예는 결코 회피 동작만 펼치지 않았다.

오른손이 접히듯이 반대쪽으로 갔다가 부웅 하고 도끼가 얼굴 위를 지나가자 튕기듯이 원상태로 돌아왔다.

촤악!

그리고 부챗살처럼 퍼지는 궤적.

가각! 가가각!

마예의 창은 길다.

무린의 철창보다도 길었다.

날도 마찬가지.

궤적을 그리며 순식간에 휘둘러진 창은 그 장병의 이점을 그대로 살려 순식간에 멀어져 있는, 자신을 공격했던 북원병의 등짝을 거침없이 갈랐다.

갑주로 몸을 보호하고 있는 북원병이지만 마예는 이미 일류의 끝자락을 넘은 무인이자 병사이고 조장이다.

마예의 창은 북원병의 날개뼈는 물론 척추까지 모조리 끊어버렸다. 이런 외마디 비명조차 내지 못하고 공중에서 죽어버린 그에게 이격이 날아들었다.

가만히 내버려 둬도 죽을 것이란 걸 알고 있지만, 비천대는 결코 손속에 자비를 두지 않았다.

퍼걱!

제종의 손도끼가 그대로 수박 쪼개듯이 머리를 찍어버린 것이다. 거칠게 몰아치는 내력은 그의 도끼가 머리에 닿자마자 터져 버렸다.

비천대는 각각 내공의 운용 방식이 다른데 제종의 경우는 압축이었다. 목표에 닿는 순간 내력이 마치 화탄처럼 터지는 그런 내력의 운용이다.

얼굴을 잃은 몸뚱이가 지면에 철퍼덕 떨어지자 그 위를 비천의 질주가 그대로 짓밟고 지나갔다.

육신조차 남겨두지 않는 흉악함.

악당이라고 해도 결코 틀린 말이 아닌 모습이다.

하지만 이래야 한다.

전장에 자비라는 감정은 너를 죽이는 대신 내가 죽겠다는 말과 결코 다르지 않기 때문이다.

비천대는 결코 그런 존재들이 아니었다.

전장의 그 누구보다 생존 욕구를 불태웠고, 살기 위해 악착같이 적을 처죽인 게 바로 비천대원들이다.

그런 비천대이니 전투가 시작되면 그들의 마음속에서 일말의 자비심조차 사라지는 건 너무나 당연했다.

콰직!

김연호의 대검이 가볍게 춤을 췄다.

횡으로 그어진 그의 검무에 북원병 대여섯이 우수수 목을 잃었다. 김연호는 자신의 무예를 변화시켰다.

예전에는 대검 하나였다.

그러나 지금은 그와 똑같은 무게, 똑같은 형식의 검을 한 자루 더 쥐었다. 나이는 어리지만 그는 비천대의 부조장. 그 실력만큼은 일품이었다. 그래서 백면의 바로 뒤를 받치는 역할을 맡았다.

쌍검으로 적진을 종횡무진 휩쓰는 역할.

그게 바로 김연호의 역할이었다.

"차압!"

짧고 우렁찬 기합과 함께 김연호의 검이 다시 좌우로 교차했다가 춤을 췄다. 나풀거리는 것 같으나 거력이 집중된 검무.

서걱.

스가각!

깔끔하게 베어내고 거칠게 찢어버리면서 또다시 적병 서넛을 무자비하게 도살했다.

푸확!

이미 죽은 자의 피가 비산하며 얼굴을 적셨지만 눈 하나 깜짝 않고 다음 목표를 찾는 김연호였다.

"하압!"

"억? 으아악!"

도끼 두 자루를 손에 쥐고 김연호의 앞을 막아서는 북원병이 있었다. 그러나 김연호는 그대로 고삐를 잡아당겨 어두운 공간을 날았다.

김연호의 전마가 훌쩍 뛰어오르자 적병은 순간 당황, 그 이후엔 순식간에 덮친 공포로 인해 몸을 자동으로 움츠렸다.

"으아아악!"

하늘이 떠나가라 비명을 질렀다.

쿵!

두드드드!

그러나 김연호는 이미 그를 뛰어넘어 저 앞의 도로를 따라 내달리고 있었다.

'으아!' 하고 안도의 한숨을 쉬던 북원병의 목이 서걱 하는 소리와 함께 뛰어올랐다.

김연호의 뒤를 받치고 있는 연경의 저격이었다.

그가 김연호에게 정신을 팔자 그 옆을 스쳐 지나가며 가늘지만 단단한 장검으로 목을 쳐버린 것이다.

전장은 무슨 일이 벌어질지 아무도 모르는 곳이다. 그런 이곳에서 한눈을 팔았다는 건 죽여 달라고 소리치는 것이나 다름없었다.

그래서 연경이 친절하게 쳐버렸다.

푸각!

목과 분리되며 생긴 단면에서 피가 확 튀었다.

쫘직!

그러나 또다시 그 위로 비천대원의 전마가 지나갔다. 그 엄청난 힘을 머금은 발굽이 으깨고 터뜨려 버렸다.

비천이대의 질주는 끝이 없었다.

결코 멈추지 않고 쭉 뻗은 성도(城途)를 따라 내달렸다.

곳곳에서 뛰쳐나오는 북원병들은 결코 비천이대의 질주를 막지 못했다. 애초에 막을 수 있는 수준도 아니었다.

말했듯이 비천대는 정예다.

그것도 중원 그 어느 단체의 무력단과 붙어도 결코 밀리지 않을 최강, 최악의 기병대이다.

조금씩 은거를 풀고 있는 구파의 무력단이 아니라면 비천대를 압도할 수 있는 곳은 몇 없을 것이다.

남궁가의 창궁과 창천, 철검대도 마찬가지다.

기병의 이점을 살려 붙는다면 결코 그들도 무사하지 못할 것이다. 제아무리 잘 싸워봐야 동수나 이룰 수 있을까?

그 정도였다.

비천대에게 패배를 안겨준 북원의 악마기병도 마찬가지다. 무린이 합세하고, 무혜가 군사로 앉은 비천대는 이제 악마기병도 사실 무섭지 않았다.

물론 그 쪽에도 천리안이라는 걸출한 군사가 있고, 아므라라는 용병술의 대가가 있지만 무린이나 무혜 또한 결코 밀리지 않는다.

그뿐인가?

백면, 남궁유청은 물론 이미 절정의 경지를 밟고 그 안에서 새로운 세상을 이해 중인 관평, 장팔을 비롯한 비천조장들이 있다.

즉, 결코 어떻게 될지 모른다는 소리다.

게다가 지금의 비천대는 그 가속이 최고조로 붙은 상황이고, 착착 맞아떨어진 작전 덕분에 기세도 오를 만큼 올라 있다.

그러니 비천대를 후방의 북원군이 막는다는 것은 애초에 불가능한 일이었다. 천지가 뒤집어지지 않는 이상 결코 일어나지 않을 일이다.

한 무리의 보병대가 양 갈래로 펼쳐진 삼거리에 나타났다. 그에 가장 선두, 어둠 속에서도 빛나는 하얗게 탈색된 눈동자의 소유자가 히죽 웃었다.

그리고 그 옆의 짙은 청색 무복을 입은 노검사 또한 웃었다.

백면과 남궁유청이 순간 힐끔 서로를 바라봤다.

"……."

"……."

이심전심(以心傳心)이다.

선두의 두 무인이 생각을 눈빛으로 공유했다.

히죽.

스윽.

동시에 둘은 입가에 미소를 지었다.

서로 다른 느낌의 미소지만 이상하게도 그 안에서는 똑같은 것이 보였다. 그것은 바로 살심(殺心)이었다.

거추장스럽게 앞길을 막은 저들을 지옥으로 보내 버리자는 마음을 서로 주고받은 것이다.

백면의 검이 올라가고, 동시에 남궁유청의 검도 올라갔다.

고오오오.

파스스스.

백면의 검은 이번에도 역시 흑운을 머금기 시작했다.

반대로 남궁유청의 검은 푸른 뇌전, 청뢰(靑雷)를 머금었다.

"막아라!"

"저들이 이곳을 못 지나가게 막아!"

양 길을 막은 보병 무리에서 고함이 들렸다. 그 소리가 그렇게 웃겼을까? 소리를 들은 비천대원 전체의 입가에 미소가 그려졌다.

겨우 너 따위 것들이 누구 앞을 가로막는 게냐?

명백한 그런 비웃음이었다.

스가가가각!

파가가가각!

검은 어둠이 지면을 갉아먹으며 쏘아져 나갔다.

푸른 청뢰 또한 지면을 들쑤시며 쏘아져 나갔다.

푸가각!

파지직!

흑운은 보명대의 선두 무리에 직격, 즉시 거대한 후폭풍을 만들었다. 남궁유청의 검기 또한 마찬가지다.

절정, 그중에서도 그 한계에 도달한 이들이 보여줄 수 있는 어마어마한 무력이다. 이런 것을 보여줄 수 있는 비천대원은 오직 진무린밖에 없을 정도이다.

비정 강호에서도 절정의 세력에 소속된 두 사람이니 가능했다.

"으아악!"

"내 팔! 아아악! 내 팔……!"

비명이 어둠 속에서 울렸다.

떨어져 나간 팔.

타들어간 다리 등을 붙잡은 선두 열의 병사들은 고통에 있는 힘껏 밤하늘이 찢어져라 호소했다.

그리고 그 모습은 아군에 공포를 심어버렸다. 눈에 보이지 않는, 그러나 보이던 어둠이 폭발했고, 푸른 뇌전이 마구잡이로 사람을 찢고 태워 버렸다.

그런 광경이 무섭지 않으면 오히려 그게 비정상이다.

하지만 공포에 얼어붙었을 때, 이미 비천대는 지척에 도착해 있었다.

퍽!

푸확!

백면의 검이 가장 먼저 얼어붙은 북원병 하나의 가슴을 터뜨려 버렸다. 닿는 즉시 구멍이 휑하니 뚫리더니 피가 사방으로 비산했다.

서걱.

예광을 머금은 장검 한 자루가 목 하나를 몸과 분리시켰다. 휘둘렀는지 아닌지도 확인이 불가능한 날카롭고 빠른 일격이었다.

동시에 비천대가 산발적으로 들이닥치기 시작했다.

비천대의 진형은 추형진.

송곳이다.

무지막지한 관통력을 가진 송곳이란 말이다.

선두의 백면과 남궁유청이 가공할 무력으로 적진을 그대

로 후벼 팠다. 그러면서 전진하자 점점 벌어지는 공간으로 비천대가 들이 닥쳤다.

마예의, 제종의, 김연호의, 연경의 검과 도, 창이 미친 듯이 춤을 췄다.

가르고, 자르고, 꿰뚫고, 터뜨리고.

그 일련의 행동은 이미 단 한 방에 전의를 상실한 북원병에게는 사신의 낫이 되어버렸다.

단 일격을 막는 북원병이 없었다.

막긴 막지만 막는 즉시 방어구가, 무기가 터지고 여지없이 몸에 직격했다. 그렇게 선두의 비천대가 좌측으로 뚫고 들어갔다.

그러자 안도의 한숨을 쉬는 우측 도로의 북원병.

그러나 그들의 안도는 결코 오래가지 못했다.

비천대의 뒤를 따라 달리던 청연군이, 그 선두의 위연광이 거대한 마상대도를 휘두르며 무자비하게 짓이겨 들었기 때문이다.

꽈지직!

퍼걱!

청연군도 정예였다.

정마대전이, 북원의 바타르가 길림으로 진격한 순간부터 지금까지 도망 다니며 전투를 계속해 온 명군 중에서도 수준으로는 이미 최정예에 가깝다.

겨우 이따위 공포에 빠진 오합지졸 따위도 밀지 못할 청연군이 아니었다.

"돌격! 돌격하라!"

"한 놈도 남기지 말고 싹 잡아 족쳐!"

위연광과 그의 부관인 정군홍의 말에 청연군은 정말 미친 듯이 날뛰었다. 비천대처럼 단숨에 관통하지는 못했지만 정말 발정 난 짐승처럼 날뛰며 적을 학살하기 시작했다. 기세부터 시작해 죄다 무너진 북원군은 청연군에게도 속절없이 밀리기 시작했다.

청연군이 교전을 시작하자 그 뒤를 따르던 오백의 수로연맹 정예들이 비천대를 뒤따르며 선회했다.

물론 익숙하지 않은 말 위라 적을 학살하지는 못하고 따르기만 했다. 애당초 이들의 목적은 적을 상대하는 게 아니니 상관없었다.

수로연맹이 배를 버리고 말을 탄 이유는 따로 있었다.

바로 이후 벌어질 전략, 그 때문이다.

그러니 지금은 충실히 비천대의 뒤를 따르기만 하면 되었다.

"달려! 비천대를 놓쳐서는 안 된다!"

마치 추격자가 내뱉을 법한 호통을 치면서 강위가 선두에

서서 달리고 있다. 그러는 와중에 비천대에게 눈을 당했는지 '어어' 하면서 장님처럼 얼쩡거리는 북원병 하나가 강위의 눈에 띄었다.

"뭐야, 이 애새끼는!"

퍽!

그의 대부가 벼락처럼 휘둘러졌다. 그런데 날로 휘두른 게 아니라 공기의 저항을 가장 많이 받는 면으로 휘둘렀다.

하지만 힘, 내력으로 인해 공기의 저항을 받았다고 생각지도 못할 속도로 북원병의 몸을 강타했다.

강위에게 맞은 병사는 포탄처럼 날려가더니 그대로 건물 하나의 벽을 뚫고 사라져 버렸다. 무지막지한 거력이었다.

"가자! 가자! 으하하하!"

정말로 도적 같은 호통을 치며 비천대의 뒤를 쫓는 수로연맹. 그들의 눈도 희번덕거리며 빛나고 있었다.

그들에게도 북원은 원수이기 때문이다.

"건드리지 말아야 할 자들을 건드린 죄! 우리가 아주 뼈에 사무치게 후회하게 해주마! 크하하하!"

강위는 지금 이 순간 희열과 함께 거대한 분노에 빠져들었다. 이는 수로연맹 전부가 마찬가지였다.

이는 전장의 마력.

그 지독한 광기가 일궈낸 일이었다.

쾅!

콰광!

어느새 성주관에 도착했다.

수로연맹은 즉시 비천대를 놔두고 선회를 시작했다. 두 조로 나뉘어 정사각형 성주관 터를 돌기 시작했다.

콰과광!

성주관의 대문이 산산조각 났다.

거대한, 정말 너무나도 막대한 패도의 힘을 머금은 백면의 검이 몇 번 뿌려지자 벌어진 일이다.

대문이 박살 나자 백면이 천천히 앞으로 나아가기 시작했다.

"남녀노소 할 것 없이 손에 무기를 든 자는 모두 죽인다."

백면은 확실하게 명령을 내렸다.

칼을 쥐었으면 적이라 생각하라고.

"네!"

이대주 백면의 명령에 비천대가 짧게 대답했다. 백면은 고개를 끄덕였다. 이로써 자신의 작전이 거의 마무리되어 가고 있었다.

하지만 확실하게 끝은 내야 한다.

그게 군사가 백면에게 원한 것이고, 백면은 그런 사실을 이미 깨닫고 있었다.

"들어간다."

약 백사십의 비천대가 성주관으로 침투했다.

그 후 약 반 시진 동안 성주관에서는 비명이 끊이지 않았다.

성주관 함락.

적장 수급 확보.

백면이 이끄는 비천이대의 전공(戰功)이었다.

*   *   *

그 이전 남문.

한바탕 폭풍이 휩쓸고 간 장내에는 침묵이 가득했다. 문이 열렸고, 열린 성문을 통해 칠흑의 부대가 난입했다.

난입한 그들은 그대로 남문을 돌파, 시장으로 이어진 대로를 통해 사라져 버렸다. 그건 거의 촌각 만에 일어난 일이었다.

남문에 있는 북원군은 본능적으로 느꼈다.

큰일 났다.

정말 큰일 났다.

적의 군대가, 그것도 거의 일천에 가까운 기병대가 성으로 난입했다. 생각해 보면 별것 아닌 숫자였다.

하지만 지금 현 상황의 길림성은 이 별것 아닌 숫자도 충분히 문제가 된다. 왜냐고? 빌어먹을 비천대를 잡기 위해 지금 성에는 최소한의 병력만 주둔시키고 죄다 빠져나갔기 때문이다.

그렇기 때문에 지금 남문을 휩쓸고 성의 중앙을 향해 질주해 간 기병대는 위협적이다 못해 절망적이었다.

그리고 이들은 본능적으로 느꼈다.

지금 눈앞에 칠흑의 무복으로 감싼 자들이 바로 비천대라는 것을. 길림을 쑥대밭으로 만들며 자신들을 괴롭히는 비천의 악마들이라는 것을.

"대, 대체 어떻게……?"

어떤 졸(卒) 하나가 멍하니 중얼거렸다.

그의 말은 남문에 있는 모든 북원군의 생각이다. 상식적으로 생각해 봐도 도저히 이해가 가질 않았기 때문이다.

분명 문은 철저하게 지켰다.

교대로 돌아가면서 밤과 낮으로 철통같이 지켰다.

그런데 성문이 열렸다.

성벽을 타고 왔나?

아니었다.

"뒤, 뒤에서 쳐들어왔어……."

"그, 그러면……."

몇 마디 대화로 충분히 유추가 가능한 상황이긴 했다. 하지만 이런 상황이 아니면 결코 이렇게 빨리 생각나지 않았을 유추였다.

"비밀 통로!"

누군가가 부지불식간에 소리쳤다.

피식.

그에 무린은 그냥 웃었다.

이제 와서 알아봐야 전혀 소용이 없기 때문이다. 이미 성문은 열었다. 열린 성문으로 기가 막히게 도착한 비천이대가 들어왔다.

게다가 이미 관주성을 향해 돌격하고 있다.

그러니 이제는 비밀 통로를 알아봐야 소용이 없었다.

애초에 이런 큰 성에 개구멍 하나 없는 게 말이 되질 않았다. 심양성에서도 그랬던 것처럼 어느 도성에도 비밀 통로는 존재한다.

어떤 단체가 어떤 목적으로 팠는지는 모르지만 옛날부터 있었고, 그건 정말 소수의 존재만이 알고 있었다.

또한 서로가 서로를 모르고 있었다.

통로에 따라 알고 있는 수도 달랐다.

혹시 아나?

비밀 통로란 것은 말 그대로 최후의 활로다. 하지만 반대로 최악의 사로이기도 했다. 그렇다고 막을 수도 없는 노릇이다.

언제 어떤 상황이 벌어질지 결코 모르기 때문이다.

목줄을 움켜쥘 수도 있고, 움켜잡힌 목줄을 풀 수도 있는 게 바로 비밀 통로란 놈이다.

저벅저벅.

그런 상황에 움직이는 사내가 있었다.

당연히 무린이다.

한 자루 검은 철창을 늘어뜨린 무린은 천천히 걸어 좀 전에 난입한 기병대, 그들의 가장 후방의 기병들이 끌고 온 전마에 다가가 올라탔다.

푸히히힝!

주인이 반가운지 어느새 무린을 향해 투레질을 하는 전마. 남의 손에 끌려와 기분이 좋지 않은 것 같았다.

홀쩍.

그런 전마의 목덜미를 몇 차례 쓰다듬은 무린은 그대로 전마에 올라탔다. 그러자 남문의 비천일대 전부가 말에 올라탔다.

"워워. 관평."

기분이 좋은 건지, 아니면 좀이 쑤시다는 건지 앞으로 자꾸 튀어나가려는 전마를 가볍게 진정시킨 무린이 관평을 불렀다.

"네, 대주."

관평이 말을 끌고 옆으로 다가왔다.

무린은 관평이 다가왔으나 바로 말하지 않았다.

가볍게 철창을 휘둘러 봤다.

촤아악!

새벽의 어둠, 싸늘한 공기가 비명을 지르며 갈라졌다. 동시에 철창에서 섬뜩한 묵광이 번뜩였다.

"음, 좋군."

중얼거린 무린이 관평에게 고저 없는 음색으로 명령을 내렸다.

"성문 걸어."

"……."

침묵.

관평은 굳이 대답하지 않았다.

그는 잘 아는 것이다.

무린이 왜 이러는지.

이미 제압한 기선. 그 기선을 다시 제압하다 못해 아예 바닥에 땅을 파고 묻어버릴 작정인 것이다.

고개조차 들지 못하게 말이다.

즉, 철저히 계산된 연기였다.

지독하게 무거운 여유.

이 여유는 적에게는 거대한 해일보다, 산사태, 눈사태보다 무서운 압박이 될 것이다.

그 압박은 심신의 자유, 통제력에 제동을 걸 것이고, 그렇게 제동이 걸리는 순간 혹시 일어날 비천대의 피해는 현저히 떨어지게 되어 있다.

또한 아군에게는 사기의 충천을.

물론 무린은 이런 연기를 좋아하지 않는다.

그저 담담하게, 그리고 전투적으로 적을 쳐 죽일 뿐이다. 하지만 이 모든 건 군사의 명령이었다.

무린은 지금 이 순간 군사의 명령을 확실히 따르고 있었다.

기이잉! 기이이잉!

크가가가각!

무린의 이마 앞에 우웃빛 구체가 떠올랐다.

그 구체는 마치 바퀴라도 달린 듯 회전하고 또 회전하기 시작했다. 이제는 제삼자도 들을 수 있는 기음(奇音)을 토해내기 시작했다.

흠칫.

북원군은 저도 모르게 물러났다.

삭막하고 흉험한 기세.

이마 앞에 둥둥 떠 있는 불길하기 이를 데 없는 구체.

고저 없는 말투.

마치 무생물을 바라보는 듯한 눈빛.

이 모든 게 북원군이 물러난 이유였다.

피식.

그에 무린은 연기를 계속한다.

"자……."

그럼 이막을 시작해 보자.

그 말을 시작으로 백여 마리가 넘는 양 떼에 수십 마리의 늑대가 뛰어들었다.

그리고 동이 틀 무렵.

길림성의 사방 성루와 망루에 꽂혀 있던 북원의 깃발은 꺾였고, 그 자리를 대신한 것은 명(明)과 그 옆에 나란히 자리한 비천(飛天)의 깃발이었다.

그러나 작전은 아직 끝나지 않았다.

第百四章 공성계（攻城計）

귀환병사

길림성이 함락 당했다.

자고 일어나니 세상이 변했다는 말처럼 정말 자고 일어나니 성주가 변해 있었다. 근데 사실 길림의 백성이라면 누구나 알고 있었다. 밤사이 길림성에서 끔찍한 전투가 있었다는 사실을 말이다.

귀를 닭다 못해 영혼까지 움츠리게 만들 비명이 천지를 흔들 듯이 울려 퍼졌다. 그러한 비명 때문에 애어른 할 것 없이 전부 뜬눈으로 밤을 꼬박 지새웠다. 눈과 귀를 막고, 제발 끔찍한 악령이 자신은 피해가기를 기도했다.

그리고 새벽이 되었을 때, 악령이 울부짖는 소리는 멈췄다. 해가 떴으니 당연히 움직여야 할 터.

먹고살기 위해서 밖으로 나온 이들의 눈에 처음으로 들어온 건 남문부터 시작해 성 곳곳에 쌓여 있는 시체였다.

놀랄 수도 없었다.

그냥 그 자리서 잠시 얼어붙었다가 이내 '우웩!' 하고 토악질을 할 뿐이다. 성주관의 대문에는 지금껏 길림성에서 무소불위의 권력을 행사하던 북원의 대장 목이 매달려 있었다. 더불어 동서남북 성문 곳곳에도 지휘관으로 보이는 자들의 수급이 걸려 있다.

그리고 성루에 꽂혀 있던 북원의 기는 모조리 꺾여 분질러졌다. 그 대신 그 자리를 채운 것은 명의 깃발과 푸른 비천의 깃발이었다.

그에 길림성의 주민들은 알아차렸다.

소문으로만 듣던 비천대가 길림성을 되찾았다는 것을 말이다.

하지만 '만세!' 하고 소리칠 수는 없었다.

해방의 기쁨을 누리기에는 너무나 충격적인 광경 때문이다. 모두가 입을 꼭 닫고 눈과 귀를 막은 채 하루를 시작했다.

이러한 일이 모두 겨우 새벽나절에 일어난 일 때문이다.

동시에 성문은 정확히 오시부터 미시까지 열렸다. 열린 문을 통해 수많은 사람들이 빠져나갔다.

그들은 본능적으로 느낀 것이다.

이곳 길림성에서 다시 한 번 큰 전투가 있을 것이라는 걸 말이다. 그래서 피난을 가는 사람들도 있었고, 여태껏 구류되어 있던 상단의 사람들도 모두 빠져나갔다.

나간 그들은 남으로 남으로 향했다.

그리고 만나는 사람들마다 현재 길림성의 얘기를 빠짐없이 전했다.

그것은 곧 길림을 뒤흔들기 시작했다.

길림성이 함락됐다.

새벽에 성으로 침투한 비천대가 성문을 열고 성주관을 점령, 대장의 목을 베어 성주관에 내다 걸었다.

이런 소문이 아닌 진실이 삽시간에 길림성으로 퍼졌다.

이에 불똥이 떨어진 건 당연히 옆 성, 길림의 도성인 장춘 성이었다. 바로 옆에 비수가 겨눠졌으니 곧바로 군을 출동시켰다.

장춘성은 길림성보다 많은 군이 주둔하고 있었다.

무려 일만 이상의 군이 주둔하고 있었는데, 그중 반에 해당하는 오천의 병력이 길림성으로 출진했다.

동시에 길림성에서 비천대를 잡기 위해 나온 북원군도 소식을 듣고는 곧바로 길림성으로 퇴각했다.

물경 일만에 달하는 병력이 길림성을 포위하는 데 걸린 시간은 겨우 일주일 남짓. 피난을 간 자들이 느낀 것처럼 길림성은 또다시 전장의 기운이 스멀스멀 감돌기 시작했다.

　아니, 감도는 정도가 아니라 언제 터져도 이상치 않을 전화의 불꽃이 타오르기 시작했다. 하지만 공성전은 곧바로 벌어지지 않았다.

　공성전을 위해서는 상당히 많은 것이 필요했다.

　공성루는 물론 성벽에 걸어야 할 사다리도 필요했고, 성문을 파쇄할 공성차도 필요했다. 하지만 길림성은 후방이다.

　당연히 모든 공성전에 필요한 물자는 최전방인 요녕의 전선으로 보낸 상태였다. 그렇다고 달랑 하나만 만들어서 공성전에 임할 수도 없는 노릇이다.

　그것만 막으면 끝나는 일이니 당연히 안 되는 일이다.

　결국 동서남북 전체를 공략하기 충분한 양의 공성병기를 만들어야 했다. 하지만 그러는 동안 시간은 속절없이 흐르고, 길림성도 공성 준비로 여념이 없었다.

　그 중심에는 당연히 비천대와 비천대의 군사 진무혜가 있었다.

　"군사."

　"말씀하세요."

　"주민 소거 끝났습니다."

"그래요? 수고했습니다."

무린의 명령으로 무혜의 바로 옆 부관으로 임명된 관평의 말에 무혜는 가볍게 고개를 끄덕이며 말했다.

그러나 지금 관평의 말은 지금 상태에서는 적당한 말이 아니었다. 보통 공성, 그것도 수성전을 할 때는 그 성의 백성을 동원하는 게 기본이다.

그들도 아마 알 것이다.

성이 다시 재함락당하는 순간 길림성에는 그 어떤 미래조차 남지 않을 것이란 것을 말이다.

그러니 무조건이다.

무조건 반 강제적으로라도 길림의 주민을 공성에 투입해야 하는 게 정석이다. 그런데 무혜는 그리하지 않았다.

남녀노소, 가리지 않고 전부 전선에서 빼버렸다. 그리고 말 그대로 소거시켜 버렸다.

소거라는 단어는 사라지게 지워 버린다는 뜻이다.

관평의 말은 말 그대로 소거였다.

길림성에서 지워 버렸다는 말이다.

전부 죽였나?

설마 미쳤다고 그랬겠나.

전부 다른 곳으로 이동시켰다. 비천대가 들어온 비밀 통로를 통해, 그리고 수로연맹에서 준비한 배에 태워 전부 남쪽으로 이동시켰다.

이것은 강제적인 지시였다.

무혜는 길림성 백성의 삶의 터전을 빼앗는 데 결코 주저함이 없었다. 마지막 공성계를 펼치려면 그건 당연한 일이었기 때문이다.

주민이 남아 있으면 무혜가 준비한 공성계를 펼쳐질 수가 없다. 아니, 정확히 말하면 펼칠 수는 있어도 대신 그 주위에 있던 자까지 전부 휘말릴 것이다.

그렇기 때문에 자원해서 도와주는 자들을 빼고는 전부 성 밖으로 내보냈다. 이 일은 수로연맹에서 절대 안전하게 하겠다고 호언장담을 했고, 실제로 수로연맹은 야음을 틈타 길림성을 포위한 북원군에게 걸리지 않고 전부 실어 날랐다.

"수로연맹의 호언장담이 사실이었나 보군요."

"네, 북원군은 조금도 알아차리지 못했다는 전갈입니다."

"대단하네요."

무혜는 고개를 끄덕이며 수로연맹의 능력을 인정했다. 사실 이건 거의 불가능에 가까운 일이다.

북원군도 바보가 아닌 이상 비천대가 특수한 방법으로 침입했다는 것을 알고 있을 것이다. 그렇다면 당연히 수로도 경계의 대상이 된다.

그런데도 수로연맹은 아무리 야밤이라지만 길림의 주민들

을 태우고 남하하는 데 성공했다. 물론 이건 영업 비밀이었고, 천하의 무혜도 어떤 방법을 썼는지 도무지 감이 잡히지 않았다. 하지만 생각하지 않기로 했다.

수로연맹의 강위가 호언장담을 했고, 지금은 실제로 그렇게 되었기 때문이다.

"수로연맹의 전신은 그 옛날 수적 집단인 장강수로십팔채다. 도적질로 연명했으니 정파는 물론 황실의 심기도 자주 건드렸을 것이야. 그런데도 그들은 지금까지 살아남았다. 가는 노선을 바꿨다고 하더라도 만약 특별한 은신법이 없었다면 지금까지 명맥을 이어올 수 없었을 것이다. 그러니 군사는 너무 그쪽에 신경 안 써도 될 게야."

가만히 듣고 있는 무혜가 그 방법이 궁금해하는 것 같아 보이자 조용히 말하는 남궁유청이다. 남궁유청의 말에 무혜는 고개를 끄덕였다.

그 말이 맞기 때문이다.

지금은 거기에 신경 쓸 때가 아니었다.

"물건은 들어왔나요?"

"성에 분산시켜 은밀히 쌓아놨습니다요. 킬킬킬."

"철저히 함구시켰나요?"

"물론입지요. 가장 믿을 만한 놈들로 운송했고, 결코 세작 따위는 없을 것이라 자신합니다. 흐흐."

공성계(攻城計) 277

갈충의 말에 무혜는 고개를 끄덕였다.

물건까지 들어왔으면 이제는 정말 공성계의 준비가 완료됐다. 무혜는 바로 지도를 꺼내 펼쳤다.

비천대 조장들, 여태껏 가만히 있던 무린도 그 지도에 시선을 던졌다. 촘촘하게 그려진 지도는 길림성의 지도였다.

무혜가 이제부터 무슨 짓을 할 생각인지 대충 알고 있는 비천대이기에 긴장하는 표정이다.

"시작할게요. 일단 북문과 동문을 주시하세요."

"······."

"······."

무혜의 말에 비천대의 시선이 지도의 북, 동으로 향했다.

"이곳은 뚫려서는 안 됩니다. 결단코 사수해야 하는 곳이에요. 시간상 저희가 이곳까지 수작을 부려놓을 수는 없어요. 준비가 완료되기 전까지 반드시 막아내세요. 비천대와 청연군은 이쪽으로 배치합니다."

"······."

"······."

묵묵부답으로 고개만 끄덕여 군사의 말에 수긍했다.

그러자 무혜가 다시 말한다.

"남문과 서문, 이곳입니다. 이쪽으로 적을 끌어들일 생각이에요. 서문과 남문이 뚫렸을 때 적을 한곳으로 몰아넣으려면 당연히 수작을 좀 부려야겠지요. 남문으로 진입한 북원군은 서문 쪽으로, 서문에서 진입한 북원군은 남문 쪽으로 오게 만들어야 합니다. 그러니 남문은 동과 북으로 가는 쪽을 전부 틀어막습니다. 서문도 마찬가지로 동과 북으로 가는 곳을 막아버립니다."

무혜의 손가락이 쿡쿡 지도를 찔러댄다.

"이곳에 거대한 방벽을 세워 적이 침입하는 즉시 이쪽 남쪽 시장거리와 주거지로 유도해야 합니다. 서문도 마찬가지로 유도시켜서 이쪽으로 전부 몰아넣습니다."

무혜의 손가락이 지도의 한곳에서 크게 빙글 돌았다.

"흠……."

무린은 무혜의 손가락이 가리키는 곳.

객잔과 기루가 밀집한 지역을 가늘어진 눈빛으로 바라봤다.

"이쪽이 흔히 말하는 뒷골목인지라 마치 길이 미로 같습니다. 지리를 잘 모르면 분명히 이곳저곳 헤맬 것이 분명하지요. 하지만 반대로 저희는 제대로 숙지하면 적을 유도, 유인하고 곧바로 빠져나올 수 있겠지요. 아, 그리고 이쪽에도 비밀 통로가 있으니 바로 숨을 수 있습니다."

무혜의 말에 그녀가 생각하는 계략이 대략적으로 드러나기 시작했다.

백성의 소거, 유도.

이러한 것으로 보아 무혜의 생각은 길림성을 폭파시키려고 하는 것 같았다.

"킬킬. 그럼 이쪽으로 화약을 잔뜩 심으면 되겠구만."

"맞아요. 그리고 이쪽 성벽 또한 마찬가집니다. 벽을 아예 허물어 그 잔해로 적을 압살합니다."

"잘 바스라지게 구멍 좀 뚫어놔야겠군."

"어차피 한동안 공격은 없을 겁니다. 공성병기가 없으니까요. 적이 공성병기를 만드는 동안 저희는 이곳에 구멍을 숭숭 뚫어놓고 화약을 심어놓으면 돼요. 아주 촘촘하게 심어서 연쇄 폭발이 잘 일어나게. 이건 제가 직접 지휘하겠어요. 물론 움직이는 건 비천대입니다. 청연군도, 수로연맹에게도 결코 들켜서는 안 되니 통제를 잘해주세요. 이는 못 믿어서가 아닌, 정말 만에 하나라도 조심하자는 뜻이니 불쾌하게 받아들이지 말아주세요."

"그러하겠습니다."

"알겠소."

무혜의 말에 위연광, 그리고 강위 대신 온 길림수로연맹의 부맹주 왕보가 대답했다. 나이 오십은 훌쩍 넘어 보이는 그는 아직도 정정하다 못해 온몸에 신력이 가득해 보였다.

그런데도 차분한 기세다.

분명 범상치 않은 무력을 보유했을 것이라 생각되는 자다.

그리고 조용하고 묵직한 어투는 절로 믿음이 가게 했다.

거기다가 현재 사안의 중요성을 아는 모양인지 무혜가 결코 기분 좋지 않은 부탁을 했음에도 수긍했다.

그만큼 생각도 있었다.

"가장 중요한 건 북원군이 먼저 공성병기를 만들기 전에 작업을 끝내놓아야 한다는 겁니다. 안 그러면 결코 기대만큼 효과를 보기 힘들 거예요."

"군사."

"말씀하세요, 노사님."

남궁유청의 부름에 무혜가 공손히 답했다.

'험험' 하며 잠시 목을 가다듬은 남궁유청이 무혜를 바라보며 물었다.

"그 공성병기로 동문이나 북문을 공격하면 어찌할 생각인가?"

"부숴야지요."

"허어, 부순다고?"

"네."

무혜의 말은 단호했다.

화약의 양은 넉넉하다.

북풍상단을 통해, 갈충에게 말해 황실과도 공조해서 어마어마한 양을 들여왔다. 그러나 그 양이 길림성 전체를 터뜨려 버릴 양은 아니다.

끽해야 한 구역과 한쪽 성벽을 박살내는 게 전부인 양이다. 물론 그것도 많지만 아예 성을 지울 정도는 아니라는 뜻이다.

그리고 지도를 봐도 가장 적을 몰아넣기 쉽고 헤매기 쉬운 곳이 남문과 서문 쪽으로 객잔, 주점, 기루가 있는 구역이다.

계략을 쓰기 가장 적합한 곳이면 당연히 쓰는 게 정답이다. 그러니 무혜는 반드시 그곳으로 적병을 몰아넣을 생각이다.

"저희 비천대에는 그게 가능한 분들이 있습니다. 대주, 백면대주님, 그리고 노사님, 공성병기가 북문이나 동문으로 오면 무조건 부숴주세요."

"음……."

쉽지 않은 일이다.

하지만 불가능한 일도 아니다.

"그러지."

무린은 가볍게 고개를 끄덕여 무혜의 말에 대답했다. 그리고 백면과 남궁유청을 바라보며 다시 말했다.

"내가 북문을 맡지. 노사님과 백면이 동문을 맡아주십시오."

"그러겠네."

"후후, 알겠소."

무린이 고개를 끄덕였다.

그리고 무혜를 바라보자 무혜도 고개를 끄덕이고는 다시 설명을 이어갔다. 그런데 그때 관평이 손을 들었다.

"말씀하세요."

"저희보다 북원군이 먼저 공성병기를 준비하면 어떡합니까? 아까 살펴보니 군세가 더욱 늘었습니다. 지금은 만 오천은 되어 보입니다. 준비도 당연히 빨라졌을 겁니다."

"그럼 못하게 해야지요. 흠, 오늘 당장 초를 칠까요?"

"……."

그 대답에도 가볍게 대답하는 무혜이다. 반대로 비천대는 무혜의 그런 가벼운 말에 대답을 하지 못했다.

그리고 마지막은 오늘 밤 기습을 예고하는 말이다. 동시에 오늘 밤 사람을 죽이겠다고 공언하는 것이다.

여러 번의 전투를 겪고 이미 익숙해져 버린 무혜였다.

"하지만 굳이 피해를 주려다가 당할 수는 없지요. 저희에 대한 경계가 아마 지금은 대단할 겁니다. 이럴 때는 그냥 내버려 두는 게 좋은 방법이지요. 어차피 공성병기를 이끌고 앞으로 나오면 그때 부수면 되니까요."

"휴우……."

긴장이 풀렸는지 누군가 깊은 한숨을 내쉬었다. 물론 그건 겁을 먹어서가 아니다.

비천대는 전투를 절대 두려워하지 않으니 말이다. 왜 그랬는지 자신도 모르게 나온 한숨이었다.

"모두 긴장해 주셔야 합니다. 화약은 지뢰처럼 밀봉된 게 아니어서 화약 자체를 만지는 건 굉장히 위험한 일이니까요."

"주의 주도록 하지."

"단단히 부탁드릴게요."

"그래, 그럼 할 말은 끝났나?"

"네."

무혜는 전부 전파했다. 그에 모두가 고개를 끄덕였다. 요즘은 이렇게 일방적인 무혜의 말로 회의가 끝나곤 했다.

"아, 잠깐. 얼마 전 들어온 소식이 있어. 그것만 전달할까 하는데."

갈충의 말에 무린이 고개를 끄덕였다.

"자, 일단 첫 번째, 천리안께서 노하셨어. 킬킬킬. 아마 이번 공성전이 길어지면 요녕이든 어디든 지원군이 이쪽으로 올 거야. 근데 이건 뭐 우리에게 별 상관 있는 건 아니고, 어차피 이제 잠수 탈 거니까 말이야. 킬킬킬."

혼자 말하고 혼자 웃는 갈충이다.

그에 모두가 피식 웃었다.

갈충의 말 때문에 웃은 건 아니다. 다만 이번 작전 후에 자신들이 어찌할지를 생각하자 나온 웃음이다.

비천대는 이번 작전을 끝으로 한동안 잠적할 생각이다.

이 작전이 성공으로 이어지면 천리안은 비천대를 아예 뼈째 씹어버리고 싶을 것이다. 근데 그런 천리안을 상대할 필요가 있을까?

당연히 없었다.

탈출 즉시 비천대는 이곳 길림을 아예 떠날 생각이었다.

"두 번째, 이건 승전보다. 광검이 무리를 규합, 원총의 총귀들을 개박살 냈어."

"광검이면… 위석호?"

"그래, 광검 위석호. 저번에 듣기로 심양대회전에서 죽다 살아났다더니 무슨 일이 있었는지 낭인들의 머리가 되었어. 그리고 총귀들을 궤멸시켰다는군. 근데 재밌는 건 이 총귀들을 이끄는 머리가 셋인데 이놈들은 최소로 잡아도 절정, 그 끝에 있는 놈들이거든. 근데 광검이 혼자서 다 잡아버렸네? 이게 무얼 뜻할까?"

"음……."

무린이 되물었다.

흑산으로 가기 전, 금주의 위에서 한 번 만난 적이 있는 광검이다. 정말 눈으로는 절대로 쫓기 힘든 쾌검을 구사하던 자.

두 눈을 가리고도 정확하게 사혈을 노리고 검을 휘두르던 광검 위석호는 무린의 뇌리에 선명히 남아 있다.

그래서 흥미가 동했다.

'절정, 그중에서도 끝이면 거의 내 수준.'

무린의 생각 뒤로 갈충의 덧붙였다.

"아, 참고로 광검은 땀도 안 흘렸다네?"

"절정을 넘었군."

무린은 바로 대답했다.

"맞아. 광검이… 절정을 넘었다. 위에서는 그렇게 파악했어."

"근데 절정을 넘으면 뭐라 분류하지? 초절정?"

무린의 물음에 갈충은 고개를 저었다. 그리고 그가 입을 열려는 찰나 이곳에서 무림을 가장 잘 아는 사람이 먼저 입을 열었다.

"아니, 절정 그 이상은 분류하지 않았네. 절정만 해도 신천지거늘 그곳조차 벗어나면 인간이 아닌 게지. 분류를 할 필요 자체가 사라진다네. 그냥 천외의 무인, 이 정도로 불린다네. 본가에도 몇 분이 계시긴 하지."

"전대의 검왕 어르신 말씀이십니까?"

"맞네."

"흠……."

원래는 그런 호칭보다는 외할아버지라 불러야 하지만 아직 남궁유청은 결코 모르는 사실이 있으니 그저 전대의 검왕이라 칭하는 무린이다.

그리고 그런 그를 무린은 만난 적이 있었다.

바로 남궁세가를 나오기 전 돌담 위 먼발치에서 아주 짧은 시간 어머니를 만났을 때 남궁무원을 봤다.

당시의 무린으로도 정말 아득하게 느껴질 정도의 깊은 무력을 보여주던 남궁무원이다.

'적어도 외할아버지, 아니면 장무개 어르신의 경지군. 당시에는 나와 비슷했던 것 같은데 벌써 그렇게 성장했나?'

무린은 분명히 그때 광검과 동수를 이뤘다.

한 치도 서로 밀리지 않았고, 공수를 주고받았다. 그런데 벌써 그는 절정을 넘어선 초인이 되어버렸다.

구름 속 구파에 버금가는 무력을 갖춘 것이다.

'속이 쓰군.'

분명하게 그걸 느낀 무린이다.

무린도 성장했다.

그건 넘쳐나는 힘으로 분명하게 느끼는 무린이다. 하지만 반대로 무린은 여전히 자신이 절정의 경지에 아직 머무르고 있다고 생각했다.

그건 확실했다.

"어쨌든 광검의 승리로 지금 요녕의 전선은 조금씩 바람이 불어오는 모양이야. 당하고는 못사는 게 마도 놈들이지. 대대적인 공격이 있을 거 같은데… 어떤 식으로 복수해 올지는 아직 감을 못 잡고 있는 모양이군."

그렇게 말하고는 '자, 이번 정보는 여기까지' 하고 끝내는 갈충이다. 그에 더 할 말이 없는 것 같아 무린은 회의를 파했다.

그로부터 시간은 쏜살같이 흘렀다.

일주일이 흘렀을 무렵, 북원군이 첫 번째 도발을 해왔다.

*   *   *

"내 이름은 우차이다! 내 검을 받을 자 없는가!"

북원의 장수 하나가 나와 일기토를 신청했다.

기골이 장대한 그는 딱 봐도 범상치 않은 거대한 대검을 어깨에 척 올려놓고 성문 근처까지 와서 그렇게 도발해 왔다.

"저 미친놈 보게?"

그에 성 밖 남문에서 작업 중이던 제종이 눈썹을 꿈틀거렸다. 척 봐도 지금 당장 나가 저 북원의 장수의 목을 쳐버리고 싶어하는 제종이다.

그러나 그러려면 당연히 허락이 있어야 했다.

누구의 허락이 필요할까?

당연히 무린, 그리고 군사인 무혜이다.

"가서 군사님에게 보고하고 모셔 와라."

"네."

곁에 있던 비천대원 하나가 제종의 말을 듣고 바람처럼 사라졌다. 자신의 조원이 사라지는 걸 본 제종은 다시 시선을 성 밖으로 던졌다.

"진정 없는가! 비천대는 모두 겁쟁이로구나! 으하하하!"

좀 더 성문 근처로 다가오더니 하늘을 보고 앙천광소를 터뜨렸다. 그 말에 성벽에 위치한 비천대원들의 눈썹이 일제히 꿈틀거렸다.

그러나 결코 경거망동하지 않았다.

비천대는 모든 행동이 명령이 떨어지는 순간 실행된다. 먼저 조치를 취하는 건 보고를 할, 명령을 받을 시간적 여유가 없을 때나 하기 때문에 모두가 눈가에 짙은 살기를 머금고는 그 북원의 장수가 하는 꼴을 노려봤다.

"비천객은 어디 있나! 백면의 똥개도 보이질 않는구나! 남궁가의 늙은이도 내가 무섭단 말이냐! 어허! 어쩌다 이런 자들에게 성을 빼앗겼는지 그저 어이가 없을 뿐이구나! 이놈들! 그럴 거면 어서 투항하거라! 이 어르신이 친히 목숨만은 살려주도록 하마! 크하하하!"

또다시 도발적인 언사를 내뱉고는 하늘을 보고 웃는다. 제종의 입가에 미소가 더욱 진하게 번졌다.

"저자인가요?"

그때 군사 무혜가 성벽으로 올라와 자신을 우차이라 밝힌 북원의 장수를 보며 물었다. 그에 제종은 그냥 고개만 끄덕여 대답했다.

무혜가 올라오고 몇 번이나 우차이는 도발적인 언사를 쏟아냈다. 그에 무혜는 깊게 잠긴 눈으로 지켜보다가 말했다.

"대주님."

"말해라."

무혜의 말에 어느새 올라온 무린이 대답했다.

"누구를 보내는 게 좋을까요?"

"넘어갈 작정이냐?"

"넘어가 주는 척하는 겁니다. 적의 기세를 꺾는 방법 중에 하나가 저런 도발을 꺾어버리는 것도 아주 효과적입니다."

"음……."

무혜의 말도 맞았다.

공성전 중, 혹은 대군이 맞붙기 전 이런 일기토가 벌어지는 것은 아군의 사기를 올리고 적군의 사기를 꺾기 위함이다.

그러니 저 도발을 받아들이지 않는 것도 적군의 사기를 올려주는 아주 제대로 된 불길이 될 것이다.

"혹시 성문을 열었을 때 기습을 하려는 건 아닐까요?"

"물론 그럴 가능성도 배제할 수 없지만… 그렇게 나온다 하더라도 방법은 있습니다."

관평의 질문에 무혜는 가볍게 대답했다.

압도적인 무력이면 된다.

적이 쫓아와도 단숨에 성벽으로 올라올 수 있는 무인이면 그런 걱정은 하지 않아도 된다.

"흐음. 바람의 방향이 좋군요."

그때 살랑거리며 바람결을 타고 가녀린 목소리가 들려왔다. 이국저인 외모의 여인, 단문영이었다.

모두의 시선이 그녀에게 향했다.

"어머, 부담스러운 시선이네요. 후후."

그녀의 웃음에 비천대가 다시 시선을 거뒀다. 성벽 작업을 돕던 그녀도 올라온 것이다. 가벼운 걸음으로 다가온 단문영이 모두가 자신의 귀를 의심하게 하는 말을 던졌다.

"제가 나갔다 와도 될까요?"

"네?"

그 말에 처음으로 무혜가 당황했다.

반사적으로 대답은 했지만 멍한 얼굴로 되물은 것이다. 다른 비천대도 마찬가지였다. 가장 먼저 정신을 차린 건 당연히 무린이었다.

신경질적인 어조로 쏘아붙인다.

"미쳤나?"

"호호, 설마요."

"그런데 왜 그런 미친 말을 하지?"

"저는 진담입니다. 말 가려 해주세요."

단문영도 가볍게 쏘아붙였다.

그러자 무린의 눈동자가 가늘어졌다.

그런 무린을 뒤로하고 단문영이 다시 무혜에게 말했다.

"남자가 아닌 여자가 나가서 이기고 돌아오면… 적군의 사기는 어떻게 될까요? 제가 보기에는 아주 풍비박산이 날 것 같은데."

"……."

말이야 맞다.

남자도 아니고 여자가 나간다. 그리고 일기토를 승리하고 돌아온다. 그렇게 되면 적군의 사기는?

아주 늪지에 처박힌 불쌍한 동물처럼 빠져나올 수 없는 어이없음, 수치에 휩싸일 것이다. 더불어 공포도 느낄 것이다.

여자도 이렇게 무섭다.

그럼 대체 비천대는?

수순을 타고 공포가 생성되고 전염될 것이다.

무혜는 그 모든 계산을 끝마쳤다.

"자신은요?"

"십 할."

"확실한가요?"

"물론이에요."

"……."

무혜는 단문영의 눈동자를 지그시 바라봤다.

그런 무혜의 시선을 단문영은 너무나 담담하게 받아쳤다.

"내가 불허한다."

어째 낌새가 이상하게 돌아가자 무린이 즉시 막았다. 이 여인이 잘못하기라도 한다면 돌이킬 수 없는 상황에 빠져버리기 때문이다.

물론 그 상황은 자신의 죽음이다.

무린은 결코 자신의 목숨을 가지고 모험을 할 생각이 없었다. 그래서 막았다.

그런데,

"어?"

"어라?"

휘청.

상체를 한차례 휘청거리더니 무린의 주변으로 비천대원들이 곧바로 무릎을 꿇었다. 그건 부지불식간에 일어난 일이었다.

물론 무린을 포함한 조장급들은 멀쩡했다.

무린은 즉시 단문영을 노려봤다.

"제가 어디 출신인지 잊으셨나요?"

"당신……."

"걱정 마세요. 반항 체계를 무시하고 파고드는… 무형독입니다. 물론 마비독 종류라 생명에는 아무런 지장이 없답니다."

"……."

이건 대단한 일이다.

제아무리 일반 비천대원이라고 하더라도 선덕제가 하사한 영약을 모두 소화했기에 상당한 내력을 보유하고 있다.

그런데 그런 비천대원을 순식간에 중독시켜 버린 것이다.

"지금 제 품에는 칠보단혼도 있어요. 웬만한 일류무인도 일곱 걸음을 걷는 시각이면 저승으로 보내 버리는 독인데, 이것도 실험해 볼까요?"

"이유가 뭐지?"

"간단해요."

"말해라."

"저들의 작태가 저를 너무 자극했거든요."

"……."

무린은 그 말을 빠르게 알아들었다.

비천대가 길림성을 장악하고 나서 본 것은 처참 그 자체였다. 특히 여인들은 정말 지옥보다 못한 삶을 살고 있었다.

그걸 확인한 비천대는 사실 누구보다 담담했다.

수없이 봐왔기 때문이다.

그리고 그럴 거라 충분히 예상도 했기 때문에 결코 흔들리지 않았다. 하지만 이 여인 단문영은 아니었다.

려와 월은 통제를 해서 알지 못하게 했고, 혜는 알고 있었지만 그녀는 자신의 중심을 확실하게 잡고 있었다.

즉, 분노한 것은, 이 분노를 쏟아낼 수 있는 것은 단문영뿐이라는 얘기다.

"막지 마세요."

"……."

"들어보았나요? 여인이 한을 품으면 오뉴월에도 서리가 내린다는데. 아, 이건 조선의 말이에요."

"……."

"그래서 저는 지금… 그 말에 따라 여인들의 한을 풀어주러 간답니다."

살랑살랑.

단문영은 웃으면서 손에 든 주머니 하나를 흔들었다.

물어볼 것도 없었다.

극독일 것이다.

"오늘은 한을 풀어주기에 참 좋네요. 바람도 괜찮고."

북에서 불어오는 바람은 지금 현재 매섭게 몰아치고 있었다. 이런 날씨에 독을 풀어버리면? 아마 끔찍한, 상상도 하기 싫은 일이 벌어질 것이다.

말 그대로 학살이 벌어진다는 소리다.

"좋아, 허락하지. 대신 내가 같이 가지."

"후후, 그래요. 그 정도로 타협 볼게요."

무린은 단문영을 막지 못한다는 것을 깨달았다. 그녀는 비천대의 조력자지만 비천대는 아니다.

강제권이 없다는 소리다.

물론 행동을 제약할 수는 있지만 이 정도로 나오면 무린도 불가능하다. 단문영 그녀는 고집이 대단한 여인이기 때문이다.

제 목숨으로 무린을 협박해 동행을 얻어냈을 정도인데 더 말해 무엇 할까?

"관평."

"네, 대주."

"말 두 필을 준비해라."

"네."

관평이 내려갔다.

어쩔 수 없었다.

다른 비천대원들은 아직 육체의 통제권을 되찾지 못했기 때문이다. 그런 비천대원을 보며 무린이 물었다.

"하나 묻지."

"하세요."

"비천대를 쓰러뜨린 독, 얼마나 있지?"

"후후, 많이요."

무린은 짜증이 났지만 그 말에는 결국 피식 웃었다. 이런 독이 많이 있단다. 살소가 안 나올 리 없다.

"그거 반가운 소리군. 군사, 앞으로는 독이란 것도 있으니 잘 활용하도록."

"알겠어요."

무린의 말에 무혜가 대답했고, 잠시 후 무린과 단문영이 나갔다.

"으하하하!"

우차이가 같이 나온 둘을 보며 미친 듯이 조롱을 퍼부었고, 따라서 북원군 전체가 웃었다. 그러나 그 웃음이 비명으로 변하는 데 걸린 시각은 채 반각에 지나지 않았다. 무린의 앞에서 배를 잡고 웃던 우차이가 돌연 칠공에서 피를 토하고 말에서 뚝 떨어지면서부터 시작되었다.

직후 강풍이 몰아쳤다.

무려 천에 가까운 숫자가 칠공에서 피를 토하며 죽어갔다.

눈, 코, 입, 그리고 귀는 물론 앞과 뒤에서 피를 쏟아내며 사지를 부들부들 떨다가 움직임을 멈췄다.

무려 천.

단문영의 극독이 앗아간 북원군의 생명은 물경 천에 가까웠다. 이 사건으로 그녀는 아주 무시무시한 별호를 얻게 되었다.

비천(飛天), 독후(毒后).

합치면 살벌하기 그지없는 별호이다.

그 후 정확히 일주일.

처절한 공성전의 막이 올랐다.

『귀환병사』 12권에 계속…

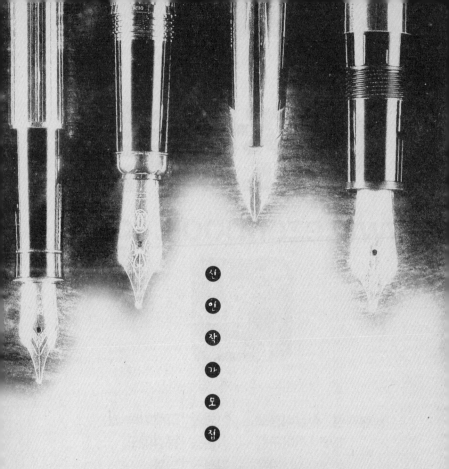

신
인
작
가
모
집

시작이 반이라고 했습니다.
작가의 길에 대한 보이지 않는 벽을 과감히 깨뜨리십시오!
청어람은 작가 지망생 여러분들의
멋진 방향타가 되어드리겠습니다.

저희 도서출판 청어람에서는
소설 신인 작가분들을 모집합니다.
판타지와 무협을 사랑하시는 분들의 많은 참여를 바랍니다.
소정의 원고(A4용지 150매)를 메일이나 우편으로 보내주시면
검토 후 출판 여부를 알려드리겠습니다.

주소:경기도 부천시 원미구 심곡2동 163-2 서경B/D 2F 우편번호 420-822
TEL:032-656-4452 · **FAX**:032-656-4453
http://**www.chungeoram.com**
e-mail:chungeoram@chungeoram.com

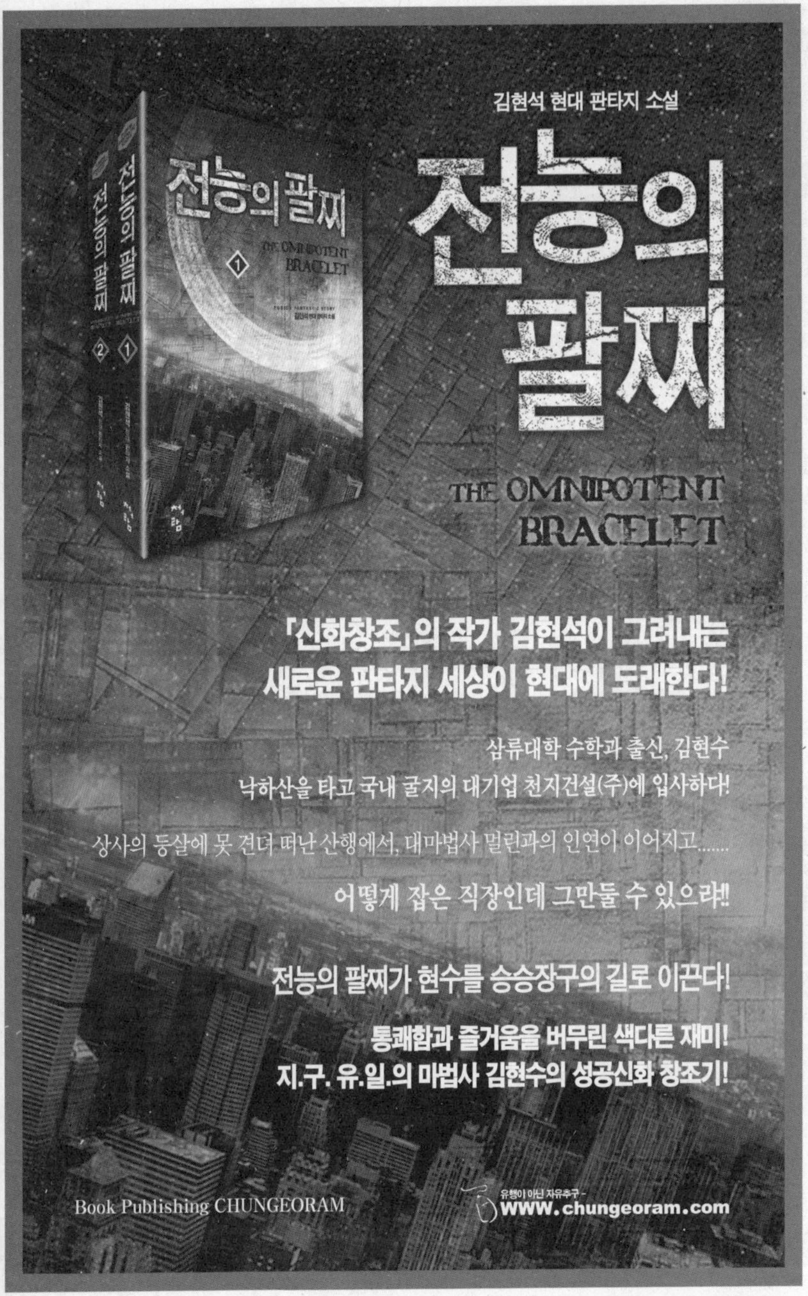
김현석 현대 판타지 소설
전능의 팔찌
THE OMNIPOTENT BRACELET
「신화창조」의 작가 김현석이 그려내는
새로운 판타지 세상이 현대에 도래한다!
삼류대학 수학과 출신, 김현수
낙하산을 타고 국내 굴지의 대기업 천지건설(주)에 입사하다!
상사의 등살에 못 견뎌 떠난 산행에서, 대마법사 멀린과의 인연이 이어지고.......
어떻게 잡은 직장인데 그만둘 수 있으랴!!
전능의 팔찌가 현수를 승승장구의 길로 이끈다!
통쾌함과 즐거움을 버무린 색다른 재미!
지.구. 유.일.의 마법사 김현수의 성공신화 창조기!
Book Publishing CHUNGEORAM
유행이 아닌 자유추구 -
WWW.chungeoram.com

FANTASTIC ORIENTAL HEROES

용훈 新무협 판타지 소설

**무림공적, 천살마군 염세악!
검신 한호에게 잡혀 화산에 갇힌 지 백 년.**

와신상담… 절치부심… 복수무한…

세월은 이 모든 것을 잊게 하고
세상마저 그를 잊게 만들었다.
하지만.

"허면 어르신 함자가 어찌 되시는지……"
우연한 만남, 자신도 모르게 튀어나온 원수의 이름.
"그게… 한, 한호일세."

**허무함의 끝에서 예기치 않게 꼬인 행로.
화산파 안[in]의 절세마인, 염세악의 선택!**

Book Publishing CHUNGEORAM

유불이 아닌 자유추구
WWW.chungeoram.com

용병귀환

유왕 판타지 장편 소설

**수십 년 전, 용병왕의 등장으로 생겨난
왕국과 용병의 세계.
평소엔 한없이 가볍지만 화나면 누구보다 무서운,
놀고먹고 싶은 그가 돌아왔다!**

하지만 바람과는 달리 과거 그의 앙숙과 대륙의 판도는
도저히 그를 놓아주질 않는데……

"용병은 그냥, 돈 받고 칼을 빌려주는 놈들이니까."

그의 용병 철학은 단순했다.

"물론, 누구에게 빌려주느냐가 문제겠지?"

도 시 의 주 인

말리브 장편 소설
FUSION FANTASTIC STORY

말리브 작가의 신작 현대 판타지!

죽기 위해 오른 히말라야.
그러나, 죽음의 끝에 기연을 만나다!

『도시의 주인』

다시 한 번 주어진 운명.
이제까지의 과거는 없다!

소중한 이를 위해! 정의를 외친다!

Book Publishing CHUNGEORAM